Diogenes T

Georges Simenon

Monsieur La Souris

Roman

Deutsch von
Renate Heimbucher-Bengs

Diogenes

Titel der Originalausgabe:
›Monsieur La Souris‹

Umschlagfoto: Kaimu in der Titelrolle der
gleichnamigen Verfilmung von Georges Lacombe
Abdruck mit freundlicher Genehmigung
der Cinémathèque française

Deutsche Erstausgabe

100/88/8/1
ISBN 3 257 21681 5

Inhalt

1. Das Schweigen des Inspektors Griesgram 7
2. Das Bild im Hut 28
3. Frédéric Müller und die Ungarin Dora 49
4. Die kleinen Rechnungen des großen Finanziers 70
5. Martin Oosting aus Basel 90
6. Inspektor Lognon macht zwei Fehler 112
7. Ein Verhör auf die sanfte Tour 133
8. Eine Nacht am Telefon 155
9. Die Odyssee der Madame Lognon 177

I

Das Schweigen des Inspektors Griesgram

Es war kurz nach dreiundzwanzig Uhr zwölf, als die Tür zur Wachstube aufgestoßen wurde. Zwei Polizisten einer Fahrradstreife, die gerade Dame spielten, hoben den Kopf. Auch der Wachtmeister, der hinter dem Schreibtisch aus dunklem Holz seine Pfeife rauchte, setzte sich gerade, aber noch bevor der Ankömmling in Sicht kam, wußte man schon Bescheid, denn eine wohlbekannte Stimme rief:

»Ich sag's Ihnen noch einmal, fassen Sie mich nicht so grob an, junger Mann! Sie wissen nicht, mit wem Sie es zu tun haben ... Sieh einer an! Das ist ja *mein* Wachtmeister, der heute Dienst hat!«

Der Tagdienst ging seinem Ende zu. In etwas mehr als vierzig Minuten würde die Nachtmannschaft, die »Nachtwächter«, wie man sie nannte, das Revier übernehmen. Der dicke Wachtmeister hatte seinen Rock aufgeknöpft, und Inspektor Lognon, in Zivil, verfolgte mit stumpfem Blick die Damepartie der Polizisten der Fahrradstreife.

Seit acht Uhr abends regnete es in Strömen, einer jener Regengüsse, die durchdringender als andere scheinen, so wie sie am Ende eines milden Frühlingstags plötzlich niedergehen. In der Oper war Galavorstellung. Das sah man an den vielen Autos, vor allem aber an den vielen

Chauffeuren vornehmer Häuser, die man auf den Trottoirs schwatzen hörte.

Allerdings wußte keiner der Polizeibeamten des Reviers, was gespielt wurde, obgleich sich die Polizeiwache im Opernhaus selbst befand.

Was zählte, war allein, daß es geregnet hatte und immer noch regnete, daß die Schutzmänner mit tropfnassen Pelerinen hereinkamen und daß es wie immer, wenn die Fahrbahn regenglatt war, Verkehrsunfälle gegeben hatte, drei allein auf dem Boulevard des Italiens.

Dafür natürlich weniger Straßenhändler: nur eine Blumenverkäuferin, die gerade hergebracht worden war und nun neben ihrem Korb sitzend an einem Kindersöckchen aus blauer Wolle strickte.

Ein ganz gewöhnlicher Abend also. Der Wachtmeister trug ohne Hast die Verkehrsunfälle in das dicke schwarze Buch ein, das er gleich seinem Kollegen vom Nachtdienst übergeben würde.

Der Alte war im rechten Augenblick gekommen.

»Herr Wachtmeister, sagen Sie ihm doch bitte, daß man mit Père La Souris nicht so roh umgehen darf...«

Der Polizist, der ihn hereingebracht hatte, ließ ihn immer noch nicht los. Er hielt ihn an der Schulter, oder besser gesagt, er hatte die Joppe des kleinwüchsigen Alten an der Schulter gepackt und schien ihn wie einen Hampelmann baumeln zu lassen. Es war ein junger Polizist, blond und rosig, noch ganz frisch, ein Neuling. Der Wachtmeister brummelte:

»Lassen Sie ihn, Bonvoisin!«

Und da in seiner Stimme ein Anflug von Strenge schwang, rief La Souris triumphierend:

»Haben Sie gehört? Was sage ich Ihnen denn ständig, schon seit der Madeleine?«

Er zupfte an seiner ausgebeulten Joppe, bemerkte Inspektor Lognon und zwinkerte ihm zu.

Wenn Père La Souris nicht im Polizeirevier in der Oper schlief, dann verbrachte er die Nacht auf der Wache der Champs-Elysées, die sich im Untergeschoß des Grand-Palais befand. Wachtmeister Bonvoisin war neu im Viertel, sonst hätte er sich nicht die Mühe gemacht, seinen Meldeblock aus der Tasche zu ziehen, wie für ein regelrechtes Protokoll.

»Sie können gehen!« sagte der Wachtmeister zu ihm, während er seine Pfeife wieder anzündete.

»Moment mal!« schaltete sich La Souris ein.

»Ich brauche die Zeugenaussage des jungen Mannes, wenn Sie gestatten ...«

Der Alte war klein und mager, mit außergewöhnlich lebhaften und schelmischen Augen, rotem, ins Schmutzigweiße spielendem Haar und einer ganz eigenen Art und Weise, seine viel zu weiten Klamotten mit beinahe eleganter Würde zu tragen.

»Würde mich freuen, wenn Sie auch zuhörten, Herr Inspektor... Wenn mir schon mal etwas Sensationelles passiert!...«

Schon als sie La Souris vorhin zur Tür hereinkommen sahen, wußten alle, daß sie einer mehr oder minder komischen Vorstellung beiwohnen würden. Das war Tradition. Vor allem, wenn der Wachtmeister Zeit hatte.

»Heißt das, ich kann dich endlich wegen Landstreicherei festnehmen?« fragte der Revierwachtmeister.

Dazu hätte La Souris ohne Wohnung und ohne Geld sein müssen. Nun, einen festen Wohnsitz hatte er zwar nicht, aber seit Monaten und Monaten, ja seit Jahren war es unmöglich, ihn ohne einen Sou in der Tasche zu ertappen. Hin und wieder filzte man ihn. Und fand nichts. Schon wollte man in Siegesgeschrei ausbrechen, da zog er aus irgendeiner Falte seiner Lumpen plötzlich verschmitzt lächelnd ein Hundert-Sou-Stück hervor!

»Herr Wachtmeister, nehmen Sie bitte zu Protokoll, daß Ihr Beamter mich auf einer Caféterrasse an der Madeleine festgenommen hat, genau in dem Augenblick, als ich Léa um vier Francs anpumpen wollte ...«

Dabei wandte er sich zu Lognon, dem Inspektor in Zivil, in dessen engere Zuständigkeit die leichten Mädchen und Servierfräulein gehörten. Lognon nickte, um die Sache kurz zu machen, zustimmend mit dem Kopf, denn Léa war ihm selbstverständlich bekannt.

»Wozu denn vier Francs?« wunderte sich der Wachtmeister.

»Weil ich ein Taxi nehmen wollte, um hierher zu kommen, und mit dem Trinkgeld macht das zusammen ungefähr vier Francs.«

Etwa von diesem Augenblick an hörte Lognon auf, das Palaver auf die leichte Schulter zu nehmen. War ihm vielleicht irgend etwas Beunruhigendes an der Stimme von La Souris aufgefallen? Gewiß, der Alte hatte die Gewohnheit, seine kleine Schau abzuziehen, und gab sich erst zufrieden, wenn das Publikum schallend lachte. Aber lag heute in seinem Blick nicht ein Schimmer von Angst?

Lognon sagte nichts. Es war nicht seine Art, überflüssige Worte zu machen. Er blieb in seiner Ecke sitzen, düster und griesgrämisch wie immer.

Der Wachtmeister jedoch gab mit dem gespielten Ernst des Zirkusdirektors, der einem Clown in der Manege die Stichworte liefert, wacker zurück:

»Du hattest wohl Angst, naß zu werden?«

»Nein. Aber ich fürchtete mich vor Taschendieben!«

La Souris erzielte den gewünschten Erfolg. Seine Augen lachten. Er jubelte innerlich, als er die beiden Schutzmänner ihre Damepartie unterbrechen sah, um zuzuhören. Mit Unschuldsmiene vertraute er ihnen an:

»Wenn man es nicht gewohnt ist, mit einem Vermögen in der Tasche herumzulaufen ...«

Lognon blieb als einziger ernst. Er hatte grobgeschnittene, knochige Züge, tintenschwarzes Haar und enorme Augenbrauen, die wie schwarze Balken sein Gesicht durchzogen. Mit seinem angestrengten Blick sah er immer aus, als versuche er gerade ein schwieriges Problem zu lösen.

»Zeig es mal her, dein Vermögen ... Zehn Francs? Fünfzehn Francs? Ich warne dich, wenn du fünfzehn Francs hast, um dir ein Zimmer zu nehmen, werde ich dich hier nicht beherbergen ...«

»Einen Augenblick! ... Legen Sie schon mal eine Empfangsbescheinigung bereit ...«

Nun endlich zog La Souris aus seiner Tasche einen länglichen gelben Umschlag, wie man sie, mit einer Metallklammer verschlossen, zum Versenden von Geschäftspapieren benutzt.

»Nehmen Sie zu Protokoll«, sagte er mit betonter Feierlichkeit. »Nachher müssen Sie dann eine Bestandsaufnahme machen ... Am Mittwoch, dem 23. Juni, um zweiundzwanzig Uhr fünfzig, hat Monsieur Hugo Mosselbach, genannt La Souris, geboren in Bischwiller-sur-Moder, Bas-Rhin, in der Rue Royale beim Restaurant ›Maxim's‹ auf offener Straße einen gelben Umschlag gefunden, welcher...«

Einen Augenblick lang hatte der Wachtmeister gestutzt. Dann hatte er mit einer mechanischen Handbewegung den Umschlag halb geöffnet und, unwillkürlich dem Diktat von La Souris folgend, auf der Stelle zu schreiben begonnen.

»Bischwiller mit zwei l?«

»Ja, zwei l. Moder mit einem d... ich wiederhole: einen Umschlag gefunden, welcher...«

Inspektor Lognon erhob sich und stellte sich, die Hände in den Taschen, hinter den Wachtmeister. Auch die beiden von der Fahrradstreife kamen näher, um besser zu sehen.

»Ich frage mich, ob das nicht eher etwas für den Polizeikommissar ist!« besann der Clochard sich dann.

Sein Ton war scherzhaft wie immer. Aber vielleicht war an dem, was er sagte, doch etwas dran, und der Wachtmeister sah zögernd zu Lognon, der die Achseln zuckte.

»Öffnen Sie ihn ruhig... Wenn Sie eine Bestandsaufnahme machen...«

»... neun mit einer Stecknadel zusammengeheftete Fünfhundert-Dollar-Scheine, also viertausendfünfhundert Dollar enthielt...«

Kurzes Schweigen. Der Wachtmeister hatte seine Pfeife wieder ausgehen lassen.

»Wieviel ist das in Francs?« entfuhr es ihm.

»Ungefähr fünfundsechzigtausend«, klärte La Souris ihn auf. »Aber da ist noch mehr drin...«

Tatsächlich enthielt der Umschlag ein weiteres Bündel, das man zweimal nachzählte, denn es bestand aus neunundvierzig Hundert-Dollar-Noten. Warum neunundvierzig und nicht fünfzig? Ganz unten schließlich steckten noch zwei Tausend-Franc-Scheine und zwei Hunderter.

Während der Wachtmeister schrieb, beobachtete Lognon den Alten mit düsterem, verdrossenem Blick.

»Hast du das wirklich auf der Straße gefunden? Und wo genau auf der Straße?«

»Ein paar Meter vom ›Maxim's‹ entfernt.«

»Auf dem Trottoir?«

Der gelbe Umschlag war naß, aber nicht so naß, daß er in der Gosse gelegen haben konnte, und sei es auch nur für zehn Minuten.

»Auf dem Trottoir, ja! Monsieur Jean hat gesehen, wie ich das Päckchen aufgehoben habe... er wollte mit mir zusammen nachsehen, was drin ist, aber dann kam gerade ein Auto mit Gästen an...«

Lognon notierte sich diese beiden Einzelheiten: Léa auf der Caféterrasse; der Portier des ›Maxim's‹...

»Was soll ich jetzt machen?« fragte der Wachtmeister unschlüssig und drehte sich zum Inspektor um.

Die Antwort kam von La Souris.

»Sie stellen mir eine Empfangsbescheinigung aus. Wenn in einem Jahr plus einem Tag niemand Anspruch auf den Umschlag erhoben hat, gehört das Geld mir, und ich kaufe mir davon das alte Pfarrhaus in Bischwiller-sur-Moder...«

Tänzelnd wie ein gefeierter Schauspieler schickte er sich an, zur Tür zu gehen, doch er mußte gewußt haben, daß man ihn nicht gehen lassen würde, denn er machte auf dem Absatz kehrt, als er Lognons Stimme vernahm.

»Einen Moment noch!« knurrte dieser.

»Sogar eine Stunde, wenn Sie wünschen, Herr Inspektor. Sie wissen doch, Ihnen kann ich nichts abschlagen...«

»Komm her.«

Und ohne Vorwarnung filzte er ihm die Taschen und tastete seine Kleider ab.

»Zieh die Schuhe aus!«

La Souris spielte seine Komödie weiter, wackelte mit den Zehen, denn er trug keine Strümpfe, und machte sich mit einer an die Blumenverkäuferin gerichteten Entschuldigung daran, seine Hose herunterzulassen.

»Die Herren da wollen es so, nicht wahr? Ich bin ein anständiger Mensch, aber...«

»Genug«, sagte Lognon. »Geh schlafen.«

»Darf ich nicht einen Schoppen trinken gehen? Jemand, der gerade in den Besitz von fast hundertfünfzigtausend Francs gekommen ist, hat es nicht eben leicht, das müssen Sie doch zugeben!«

Lognon schob ihn vor sich her durch eine Tür. Dahinter waren drei vergitterte Zellen, eine für Frauen, eine für Männer und eine dritte für die Clochards, die sich keiner strafbaren Handlung schuldig gemacht hatten. In letzterer lag ein alter Mann bäuchlings auf einer Holzpritsche, der nicht den kleinsten Mucks machte, als die Gittertür geöffnet wurde. Nebenan saß wie in einem Wartesaal eine junge Frau im Halbdunkel, die Handtasche auf den Knien.

»Trotzdem gute Nacht«, seufzte La Souris. »Sie sind schlimmer als der Wachtmeister, bei allem Respekt!...«

Als morgens um acht Uhr ein Polizist das Gitter aufschloß, stand La Souris als alter Stammgast auf, griff nach seiner graugrünen Melone und hielt, bevor er die Wachstube betrat, nach Lognon Ausschau.

Theoretisch hätte der Inspektor, der ja die Nacht *gemacht* hatte, nicht da sein dürfen. Er war aber da, und La Souris hatte es gewußt. Der Alte erlaubte sich sogar den boshaften Scherz zu fragen:

»Na, was hat sie denn gesagt?«

Er spielte auf Léa an, doch der Inspektor gab keine Antwort.

»Hören Sie doch, Herr Inspektor. Was das ›Maxim's‹ angeht, dürfte es nicht ganz so einfach gewesen sein, denn das Trottoir dort gehört schon zum achten Arrondissement, und das geht Sie nichts an...«

Lognon musterte ihn, ohne eine Miene zu verziehen, und steckte sich eine Zigarette an. Der Wachtmeister schob La Souris zur Tür, durch die, als er sie öffnete, die Sonne in die Wachstube flutete.

Es war ein herrlicher Morgen, mit nach der nassen Nacht um so strahlenderem Sonnenschein. Man hörte die automatisch hochgehenden Jalousien einiger Schaufenster ächzen, und aus den Cafés wehte der Duft ofenfrischer Croissants.

»Bestimmt ist er hinter mir«, dachte La Souris, während er die Boulevards in Richtung Faubourg Montmartre entlangtrottete.

Er bemühte sich, nicht zu schnell zu gehen und vor allem nicht an den Zeitungskiosken stehenzubleiben. Er hinkte ein wenig und bückte sich dann und wann, um einen Zigarettenstummel aufzuheben, den er sich in die Tasche schob, während er Lognon immer in seinem Rücken spürte, ohne ihn zu sehen.

Man hätte glauben können, er wüßte nicht, wohin er wollte. An der Montmartre-Kreuzung zögerte er, machte ein paar Schritte in den Faubourg hinein, um dann schließlich auf dem Boulevard Poissonnière weiterzugehen und, drei viertel Stunden nachdem er die Wachstube verlassen hatte, vor den Schaukästen einer Morgenzeitung haltzumachen.

Pah! Geschah Lognon recht, wenn er diesen gemächlichen Trott mitmachen mußte. Jetzt pflanzte sich La Souris mit der größten Selbstverständlichkeit der Welt vor den kupfergerahmten Kästen auf, deren jeder eine Seite der Morgenausgabe enthielt. Er war nicht der einzige, der das tat. Seine Nebenmänner gönnten sich genau wie er diese kostenlose Zeitungslektüre.

Auf der ersten Seite: nichts!... auf der zweiten: nichts! ... Dritte Seite: ein Einbruch, Schießerei in einer Kneipe in Montrouge...

Die Zeitung war durch eine Glasscheibe geschützt, und in dieser Glasscheibe sah La Souris das Spiegelbild Lognons, der sich hinter ihn gestellt hatte, dicht an seinen Rücken, düster und geduldig. Es gab zwei Inspektoren in der Polizeibrigade des neunten Arrondissement, einen dicken, stets gutgelaunten Fünfundvierziger, der

Inspektor Sonnenschein genannt wurde, und Lognon, dem man den Spitznamen Inspektor Griesgram gegeben hatte.

Vierte Seite ...

La Souris verstand überhaupt nichts mehr, suchte rasch unter »Letzte Meldungen« und kehrte dann wenig überzeugt zur ersten Seite zurück.

Lognon fuhr zusammen, als der Clochard sich plötzlich umwandte und dicht vor seiner Nase fragte:

»Spendieren Sie mir einen Milchkaffee, wo wir ohnedies den gleichen Weg haben ...«

Der Inspektor zuckte mit den Schultern, schob die Hände in die Taschen und ging zur Bushaltestelle. Diesmal tat er nicht nur so. Er fuhr nach Hause, ins achtzehnte Arrondissement, zur Place Constantin-Pecqueur.

La Souris dagegen setzte sich auf eine Bank gegenüber dem Théâtre du Gymnase.

Was beunruhigend war, das war das Schweigen der Zeitung. Denn was den Rest betraf, war La Souris sich so gut wie sicher, auch nicht den kleinsten Fehler begangen zu haben. Da konnte Lognon lange suchen! Denn Lognon suchte und würde weitersuchen. Aber das, so konnte man sagen, hatte der Alte gewollt, weniger um sich wichtig zu machen als aus dem Bedürfnis, Komödie zu spielen.

Er hatte dem Inspektor einen lückenlosen Zeitplan vorzuweisen. Da Mittwoch der Tag war, an dem er seine Suppe bei der Heilsarmee aß, war er zunächst, gegen sechs Uhr, an Bord der im Port des Tuileries vertäuten

Barkasse gegangen, und die Damen mit den Pelerinen konnten bezeugen, daß er erst gegen sieben wieder weggegangen war. Bis er die Champs-Elysées zum Ambassadeurs hinaufgehumpelt war, war es fast acht Uhr geworden. Vor der Theaterkasse standen bereits Leute an, und La Souris hatte bis zwanzig nach neun die Türen aufgehalten, denn im Ambassadeurs pflegten die Leute zu spät zu kommen. Es gibt solche Theater, während in anderen, wie im Porte-Saint-Martin, um halb neun alles auf den Plätzen sitzt.

Jedenfalls hatte der Kartenverkäufer ihn gesehen ...

Was dann kam, war eher an den Haaren herbeigezogen, aber er konnte ja seine kleine Geschichte erzählen, daß er für eine Stunde in der Métrostation Rond-Point untergeschlüpft und dann mit der Absicht, die Tür des Opernhauses zu *machen*, bis zur Concorde hinunter gegangen sei, wo er in die Rue Royale einbog. Und dort, vor dem ›Maxim's‹ ...

Das war doch hieb- und stichfest! Im übrigen darf ein gutes Alibi gar nicht allzu genau sein. War Lognon nicht gerade wegen der Einzelheiten mit Jean vom ›Maxim's‹ und Léa stutzig geworden?

Aber daß nicht eine Zeile in der Zeitung stand! ... Sollte etwa zufällig ...?

La Souris stand auf. Er hatte noch einen Franc vierzig und genehmigte sich in einem Café einen gespritzten Weißwein, dann machte er sich auf den Weg zu den Champs-Elysées.

Die Sache mit der Métro und der Rest war natürlich reine Phantasie. Aber die Wahrheit sah noch viel phantastischer aus.

Bis zwanzig nach neun war alles in Ordnung: da hatte er die Türen aufgehalten. Allerdings hatte er, da es regnete, nur hundert Sous eingenommen, denn die Leute warteten lieber auf den Hoteldiener, der sich seinen großen roten Regenschirm zunutze machen konnte.

Also war La Souris zu den an der Avenue Gabriel parkenden Autos hinübergegangen, denn bisweilen brachte er unter dem Vorwand, während der Vorstellung auf den Wagen aufzupassen, einen der Chauffeure dazu, ihm ein Gläschen zu spendieren.

Wegen des Regens jedoch, der jetzt immer heftiger niederprasselte, blieben die Fahrer in ihren Limousinen sitzen und lasen Zeitung!

Viele Autos waren es im übrigen auch nicht. An der Rue de l'Elysée war es schon zu Ende, und La Souris humpelte ziellos weiter und näherte sich dann einem großen Auto, das gute hundert Meter von den anderen entfernt stand.

Es gab nichts Öderes abends als diese Ecke da mit den schwarzen Gittern des Elysée-Palasts und den zu allem Überfluß aus dem Laubwerk der Kastanienbäume herabfallenden dicken Wassertropfen.

Ein Mann saß in dem Auto; aber ein Chauffeur war das nicht. Er war im Abendanzug. Das Sonderbare war, daß La Souris sich jetzt nicht mehr entsinnen konnte, ob er eine schwarze oder eine weiße Krawatte anhatte, ob er also Smoking oder Frack trug.

Ebensowenig konnte er sich erinnern, was der Mann auf dem Kopf hatte. Einen weichen Filzhut? Einen Zylinder? Oder womöglich überhaupt keinen

Hut? Auf jeden Fall vermeinte der Alte sich zu entsinnen, daß der Mann blond, hellblond gewesen war.

Alles war so schnell gegangen! La Souris hatte die Wagentür geöffnet. Er hatte seinen Spruch schon parat, seinen Spruch, der ihn von den gewöhnlichen Bettlern unterschied, denn er versuchte niemals Mitleid zu erwecken. Ganz im Gegenteil! Mit verschmitzten Äuglein sagte er scherzhaft: »Geben Sie mir doch bitte zwei Francs, damit ich einen heben kann, Verehrtester!«

Diesmal hatte er sein Sprüchlein nicht einmal fertig sagen können. Kaum ging die Wagentür auf, da kippte der Mann, der aufrecht dagesessen hatte, zur Seite und fiel ihm entgegen. La Souris hatte ihn mit beiden Händen zurückgestoßen; er hatte irgend etwas Klebriges gespürt und im gleichen Augenblick bemerkte er auf der Hemdbrust des Mannes einen dunklen Fleck.

»Machen Sie keine Witze!« hatte er automatisch gemurmelt. »Tun Sie mir das nicht an ...«

Er beeilte sich wegzukommen. Dazu mußte er die Wagentür wieder schließen, denn sonst wäre die Leiche auf den Gehsteig geplumpst. Also stieß er sie zurück. Dabei spürte er, wie ihm irgend etwas auf den Fuß fiel.

»Mach keine Witze! ... Keine Witze! ...«, sagte er wieder.

Puh! Endlich war die Tür wieder zu, und der Mann war wohl auf den Sitz gesunken. Der Alte hob auf, was da herausgefallen war, eine dicke Brieftasche, und steckte sie, nachdem er um sich geblickt hatte, zu sich.

Er hatte sie nicht sofort geöffnet. Er war sogar

ziemlich weit gegangen, auf der anderen Seite der Champs-Elysées in Richtung Cours La Reine, und war dort unter einer Gaslaterne stehengeblieben.

Er hatte ein Bündel mit zehn Fünfhundert-Dollar-Scheinen darin entdeckt, dann fünfzig Hunderter, dann die französischen Scheine und noch einen anderen.

Daß der Kerl tot war, war sicher. La Souris hätte schwören können, daß die Leiche schon kalt war. Bevor er die Brieftasche öffnete, hatte er sich die Hände am nassen Gras abwischen müssen und hatte das unangenehme Gefühl, daß seine Haut trotzdem noch klebrig war.

Er hatte jedoch keine Zeit zu verlieren. Solche Gelegenheiten bieten sich einem nicht zweimal im Leben, und um diese hier nicht zu verpassen, durfte nichts dem Zufall überlassen bleiben.

Vor allem mußte es schnell gehen. In einem Fach der Brieftasche fand La Souris ein kleines Foto von einem jungen Mädchen, ein ganz gewöhnliches Foto, wie man es für den Personalausweis machen läßt. Dann waren da noch drei rote Eintrittskarten, Kinokarten vielleicht? Und schließlich ein leerer Briefumschlag, den er an seinem Platz ließ.

»Das hat alles keine Eile...«, murmelte er vor sich hin.

Trotzdem las er, was auf dem Umschlag stand: *»Sir Archibald Landsburry...«*

Und dann etwas, das irgendeine Adresse in London sein mußte. Aber das würde man später sehen!

Als erstes zog er aus den Geldbündeln eine Fünfhundert-Dollar-Note, einen Hunderter und einen kleineren französischen Schein heraus, die er in der Brieftasche beließ. Diese Brieftasche wollte er so schnell wie möglich loswerden, und so steuerte er auf das erste Blumenbeet der Tuilerien zu und vergrub das Ding einige Zentimeter tief in der feuchten Erde.

Dann machte er sich davon, die gebündelten Banknoten in der Tasche.

Ein ähnliches Abenteuer war ihm vor ein paar Jahren schon einmal widerfahren, mit einem Portemonnaie, das zweihundert Francs enthielt und das er am Métro-Ausgang Solférino gefunden hatte. Irgend jemand hatte beobachtet, wie er es aufhob. Es war ihm also nichts anderes übriggeblieben als es bei der Polizei abzugeben. Die war ganz in der Nähe gewesen, und so hatte La Souris damals nicht lange überlegen können. Statt einen der Scheine an sich zu nehmen (er fürchtete mit Recht, gefilzt zu werden), hatte er ein Zehn-Franc-Stück dazugetan.

Eine Frau kam und verlangte ihre Habe zurück.

»Beschreiben Sie mir das Portemonnaie!« sagte der Polizeisekretär zu ihr.

Natürlich war die Beschreibung zutreffend.

»Können Sie mir sagen, wieviel es enthält?«

Zwangsläufig hatte die Frau sich um zehn Francs geirrt. Beinahe hätte man ihr den Geldbeutel nicht ausgehändigt, dann hatte der Sekretär sich letzten Endes doch dazu entschlossen, und La Souris hatte draufgezahlt.

Aus diesem Fehlschlag hatte er gelernt. Das Geld schlicht und einfach zu behalten, daran war nicht im Traum zu denken: ein Mann, der seit zehn Jahren auf der Polizeiwache nächtigt, gelangt nicht von heute auf morgen in den Besitz eines Vermögens von hundertfünfzigtausend Francs, ohne einer gewissen Anzahl indiskreter Fragen ausgesetzt zu sein.

Es regnete immer noch, und La Souris ging in die Métro-Station Rond-Point, die Äuglein noch flinker als sonst, und ängstlich darauf bedacht, keine Sekunde zu verlieren und nicht den kleinsten Fehler zu begehen.

Seit er die Geldscheine erblickt hatte, dachte er an nichts anderes als an sein Pfarrhaus, das alte, leerstehende Pfarrhaus in seinem Heimatdorf, das ihm mittlerweile als einzig möglicher Zufluchtsort für seine alten Tage erschien.

Er verließ die Métro an der Station Saint-Lazare. Eine Minute lang hatte er vorgehabt, eine Brieftasche zu klauen, was nicht schwer für ihn wäre, denn bei großem Andrang kann man im Kittchen ebensogut neben einem Mörder zu liegen kommen wie neben einem Taschendieb, und da lernt man so einiges.

Die Dollarnoten in die Brieftasche von jemand anderem schieben und das Ganze auf dem Fundbüro abgeben?...

Lieber nicht! Das war gefährlich, und jetzt wußte er auch schon, wohin er zu gehen hatte, und beschleunigte seine Schritte. Nicht umsonst befaßt man sich gelegentlich auch mit Mülleimern ...

Morgens wäre das einfach gewesen: da stehen sämtliche Mülltonnen von ganz Paris zur freien Verfügung auf den Trottoirs ...

Aber um zehn Uhr abends ...

Er besann sich auf eine Art Sackgasse, die auf die Rue Saint-Lazare mündet, Avenue du Coq hieß sie. Dort befinden sich nur Büros, Versicherungsgesellschaften vor allem. Eine stille menschenleere Straße, in der die Mülleimer schon um neun Uhr abends draußen stehen.

Er kam zur rechten Zeit. Wenn er keine Brieftasche hatte, dann brauchte er einen Briefumschlag. Das war seine Idee. Und wenn möglich einen Gummiring dazu.

Im Mülleimer fand er alte Briefumschläge mit Adressen darauf, aber schließlich griff er nach einem gelben Umschlag, der kaum zerknittert war und der in den Papierkorb geworfen worden war, nachdem ein Angestellter mit Bleistift Zahlen darauf gekritzelt hatte.

An dem Gummiring lag ihm viel. Dadurch würde seine Idee natürlicher wirken. Er trat in eine Kneipe gegenüber dem Bahnhof und faßte den Glaskasten ins Auge, aus dem man sich zum Preis von zwanzig Sous mit Hilfe eines kleinen Krans einen Gegenstand herausfischen konnte.

Er hatte noch fünf Francs in der Tasche. Nachdem er drei Francs in den Apparat gesteckt hatte, war es ihm immer noch nicht geglückt, das Zigaretten-Etui aus Weißblech zu angeln, um das ein rotes Gummi geschlungen war. Erst mit dem vierten Franc holte er es sich heraus, lief zur Métro, warf das Etui weg und stieg sieben Minuten später an der Ecke Rue Royale aus.

Er hatte keine Zeit, sich um den Kerl im Auto zu kümmern. Der war ohnehin tot! ... Vor dem ›Maxim's‹ gab er vor, die Türen aufhalten zu wollen, und tat dann, als hebe er den gelben Briefumschlag vom Boden auf, wobei er dafür sorgte, Jean als Zeugen zu haben ...

Auf der Place de la Madeleine bemerkte er Léa unter der tropfenden Markise einer Caféterrasse. Gleichzeitig entdeckte er auch einen jungen Polizisten, den er nicht kannte, und die Sache war geritzt; er ging auf Léa zu:

»Sie können mir nicht zufällig vier Francs für ein Taxi borgen? ...«

Der junge Polizist fiel darauf herein.

»Was wollen denn Sie hier?«

»Ich bitte Léa um vier Francs ...«

»Haben Sie Papiere? ... Kommen Sie mit auf die Wache ...«

La Souris war so stolz, als habe er sein ganzes Leben lang auf diesen Augenblick hingearbeitet. Sooft er auch jede einzelne seiner Gesten und Schritte im Geist wiederholte, er konnte nicht den kleinsten Fehler, nicht die kleinste Unbesonnenheit entdecken.

Er durfte das Pfarrhaus in Bischwiller-sur-Moder, in das er seit vierzig Jahren keinen Fuß mehr gesetzt hatte, bereits jetzt sein eigen nennen.

Wer konnte die Scheine schon zurückverlangen, nun da der Betrag nicht mehr stimmte und sie nicht mehr in einer Brieftasche, sondern in einem mit einem Gummiband verschlossenen gelben Briefumschlag steckten?

Er würde ein Jahr und einen Tag warten, das war alles!

Danach würde der Kommissar persönlich ihn ganz legal zum Besitzer seines Vermögens machen.

Er war sich dessen so sicher, daß er sich sogar bei dem Gedanken ertappte: »Sofern es bis dahin nicht zu einem Kursverfall des Dollars kommt!«

Und nun am Morgen plötzlich dieser böse Schlag: kein Wort über den Typ im Auto!

Was hatte das zu bedeuten?

Er war sicher, daß er sich nicht irrte. Er wußte genau, es war in höchstens zehn Metern Entfernung von der Englischen Botschaft gewesen.

Frauen in hellen Kleidern gingen vorüber, Kindermädchen, die teuer gekleidete Kinder an der Hand führten.

Was war nur aus dem Auto geworden?

Er ging in Richtung Cours de la Reine, wo er zwischen den Grünflächen herumschlenderte.

Hier erlebte er die zweite unangenehme Überraschung des Tages. Er hatte geglaubt, die Stelle, wo er die Brieftasche vergraben hatte, ebenso leicht wiederzufinden wie den Standort des Autos. Er ging weiter und tat, als ob nichts wäre, denn ein Stadtgärtner sprühte den Rasen.

Je länger er so ging, desto mehr verfinsterte sich sein Gesicht. Er kannte sich nicht mehr aus! Die Umgebung kam ihm in der Morgensonne völlig anders vor. Er suchte nach der Gaslaterne, die ihm als Orientierungspunkt gedient hatte, und fand drei ganz gleich aussehende Gaslaternen vor drei bis auf die Farbe völlig gleichen Tulpenbeeten: es gab ein gelbes Beet, ein rotes Beet und ein lila Beet.

Nur daß er in der Nacht nicht auf die Farbe geachtet hatte. Gelb schien es nicht gewesen zu sein. Aber Rot und Lila sahen im Dunkeln wie ein und derselbe Farbton aus...

Noch etwas anderes beunruhigte ihn: die Tulpen begannen schon zu verblühen, und er wußte, was dann passieren würde: Pferdekarren würden neue Blumen bringen, die an die Stelle der Tulpen gepflanzt würden...

Er hielt es für richtig, auf den Gärtner zuzuhumpeln.

»... Der Regen heute nacht scheint ihnen nicht gutgetan zu haben.«

»... Lang bleiben sie ohnedies nicht mehr da ...«

»Werden sie heute ausgewechselt?«

»Morgen früh ...«

Zu dieser Zeit las der Polizeikommissar vom Quartier de l'Opéra gerade die Berichte der letzten Nacht und überflog die Stelle, wo es um den vor dem ›Maxim's‹ gefundenen gelben Briefumschlag ging ...

»Zu den Fundsachen ...«, sagte er zu seinem Sekretär, der einen Vermerk an den Briefumschlag heftete. »Wer ist denn das, dieser Mossel ... Mossel wie?«

»Mosselbach ... Ein Elsässer, der seit ich weiß nicht wie vielen Jahren auf der Walze ist ... Scheint ein ehemaliger Gesangs- und Harmoniumlehrer zu sein ...«

»Ein ehrlicher Mann jedenfalls!« stellte der Kommissar mit einem gierigen Blick auf den mit Banknoten vollgestopften Umschlag fest.

Was Inspektor Lognon betraf, der schlief in seinem Zimmer in der vierten Etage eines Hauses an der Place Constantin-Pecqueur, während seine Frau in der Küche Erbsen ausschotete.

Von Zeit zu Zeit fiel ein finsterer Schatten auf das Gesicht des Inspektors, und seine Hand versuchte eine Fliege zu verscheuchen, die sich hartnäckig immer wieder auf seiner Nase niederließ.

Jedenfalls würde man ihn erst mittags wecken, denn er nahm seinen Dienst um zwei Uhr wieder auf.

2

Das Bild im Hut

Was La Souris hochschrecken ließ, war die im Schlaf gewonnene Gewißheit, daß es kein Traum gewesen war. Im gleichen Augenblick, in dem er zu dieser Gewißheit gelangte und sowie er die Augen aufschlug, merkte er an einer Reihe von unangenehmen Empfindungen, daß er abends zuvor zuviel Rotwein getrunken hatte.

Auch das noch! Mühsam setzte er sich auf den hölzernen Trennbalken, warf einen kurzen Blick auf den jungen Mann, der mit offenem Mund neben ihm schlief, und versuchte dann durch das Sperrgitter die Frauen in der Zelle gegenüber zu erkennen.

Der Geruch machte ihm nichts aus; daran war er gewöhnt. Es mußte gegen sechs Uhr morgens sein, denn ein Sonnenstrahl, der durch eine Luke hereinkam und die Düsternis des Polizeireviers durchdrang, erinnerte La Souris an das Bild der *Verkündigung Mariens* über dem Hochaltar von Bischwiller.

Er kratzte sich wie jeden Morgen an den Füßen, und je länger er überlegte, desto sicherer war er sich, daß es Inspektor Lognon gewesen war, den er im Schlaf gesehen hatte.

Zuerst hatte er es nicht glauben wollen. Seit vierundzwanzig Stunden lebte er sozusagen im Tête-à-tête mit dem Bild des griesgrämischen Inspektors. War es da verwunderlich, daß dessen knochiges Gesicht mit den buschigen Brauen ihn des Nachts heimsuchte?

Jetzt erinnerte sich La Souris wieder, daß er die bleiernen Lider halb geöffnet und vage gedacht hatte, er müsse sich einen Ruck geben und aufwachen, aber sich dazu außerstande gefühlt hatte.

Noch etwas anderes fiel ihm ein, und er drehte sich um und runzelte die Brauen, als er feststellte, daß sein Hut verschwunden war.

Geschah ihm recht! Er war selbst schuld! Es lag nicht allein am Rotwein!

Wie immer, wenn er im Begriff war, eine Dummheit zu machen, hatte er es schon im Gefühl gehabt, am Abend zuvor gegen fünf oder sechs Uhr, und wie immer hatte er weitergemacht. Natürlich weil er sich für schlauer gehalten hatte!

Wie war er zur Überzeugung gelangt, daß Lognon ihn auf dem Kieker hatte? Schwer zu erklären. So etwas spürt man eben. Gegen Mittag zum Beispiel, als er endlich die Brieftasche unter den Tulpen im Cours-de-Reine ausgebuddelt hatte, war er sich ganz sicher gewesen, daß ihn niemand sah. Lognon war noch nicht auf der Pirsch!

Um ein Haar wäre La Souris der Versuchung erlegen, sich ein Hundert-Franc-Scheinchen zu nehmen. Nein, lieber nicht! Dazu war er zu bekannt. Kaum würde er den Schein gewechselt haben, würde schon das ganze achte und neunte Arrondissement davon wissen, von der Place de l'Etoile bis zur Oper und zum Faubourg Montmartre.

Ein Filmstar kann nicht unerkannt durch die Straßen gehen, und erst recht nicht ein Mann wie La Souris! In den Vierteln, die er frequentierte, kannte ihn jeder Polizist. Ebenso die Straßendirnen und überhaupt alles, was so in den Kommissariaten aus und ein ging. Man grüßt sich im Vorübergehen. Abends, wenn La Souris auf die Wache kommt, gibt es immer irgendeinen Schutzmann, der ihm zuruft:

»Was hast du denn heute um drei an der Ecke Rue Boissy-d'Anglas getrieben?«

Er hatte die hundert Francs nicht genommen! Insoweit war er also vorsichtig gewesen, und auch danach noch. Er hatte lediglich das kleine Foto aus der Brieftasche genommen und, um ihn sich zu merken, auf der Rückseite mit Bleistift den Namen notiert, der auf dem Briefkuvert stand: *Sir Archibald Landsburry*.

Das Wetter war herrlich. Der Alte hätte am Seine-Ufer ein Nickerchen machen können, eingelullt vom Fauchen eines Krans, der Quadersteine auslud, aber er hatte es nicht getan. Er hatte der Brieftasche auch noch drei rote Eintrittskarten entnommen. Es waren keine Kinokarten, sondern Eintrittskarten für den Luna-Park.

Während er mit nichtssagender Miene weiterhumpelte, dachte er scharf nach, und sein erster Gedanke war, sich der Brieftasche zu entledigen, indem er sie in die Seine warf. Aber das hatte er nicht über sich gebracht. Es tat ihm weh, sich so mir nichts, dir nichts von einem Tausend-Dollar-Schein, einem Fünfhunderter und den französischen Scheinen für immer zu trennen.

Dafür riskierte er jetzt, daß der erstbeste Polizist, zum

Beispiel der, den er gerade an der Ecke der Rue Marbeuf gesichtet hatte, darauf verfiel, ihn aus Prinzip zur Wache zu bringen und ihn dort, ebenfalls aus Prinzip oder aus Gewohnheit, zu filzen.

Sollte er die Brieftasche auf einer Baustelle verstekken? Dann kam ihm eine Eingebung, denn gerade fuhr ein alter Autobus an ihm vorbei, mit einem Mann, der auf dem Trittbrett stand und in ein Sprachrohr rief:

»Longchamps, zwei Francs! ... Longchamps ...!«

Auch bis dahin brauchte er sich nichts vorzuwerfen. Er hatte sich hinten in den Bus gesetzt, den er kannte, weil es häufig vorkam, daß er auf den Rennplätzen arbeitete. Er hatte sich vergewissert, daß die abgewetzte Polsterbank nicht herausnehmbar war. Dann hatte er die Brieftasche tief zwischen Sitz und Lehne geschoben und war, um keine Zeit zu vergeuden, an der Porte Maillot, gegenüber vom Luna-Park ausgestiegen.

Bevor er hineingegangen war, hatte er die Vorsicht so weit getrieben, das Foto unter das Leder seiner Melone zu schieben, und dann hatte er höflich mit dem Mann am Drehkreuz geplaudert, der eine prächtige rote Uniform trug.

Das war nicht gefährlich. Ebensowenig wie ihm die Eintrittskarten zu zeigen und ihn mit harmloser Miene zu fragen:

»Sind die nicht mehr gültig?«

»Sehen Sie nicht, daß sie schon benutzt worden sind?«

»Wann?«

Die drei Eintrittskarten waren vor einem Tag, also am Mittwoch, dem 23. Juli benutzt worden, ein paar Stunden vor der Geschichte mit dem Auto also. Und noch etwas erfuhr La Souris: eine der drei Karten war eine zur Hälfte ermäßigte Karte, die für ein Kind unter sechs Jahren benutzt worden war.

Es war die Zeit, da Inspektor Lognon seinen Dienst antrat. Das wußte La Souris. Und als er später die Champs-Elysées wieder hinunterging, hatte er das sehr deutliche Gefühl, daß irgend etwas im Gang war.

Es war die berühmte Vorahnung, die er zu Unrecht mißachtet hatte. Er hätte nicht genau sagen können, was nicht normal war. Ein Polizist zum Beispiel wandte sich rasch ab, als er vorbeiging. Zweimal innerhalb einer Stunde sichtete er den gleichen Schutzmann, und zwar in einer gewissen Entfernung von seinem Posten.

Jetzt begriff er, aber zu spät. Er wußte, wie so etwas lief. Lognon, der zum neunten Arrondissement gehörte, hatte im achten Arrondissement nichts zu suchen, aber er konnte jederzeit seine Kollegen von »nebenan« besuchen und zu ihnen sagen:

»Ach ja ... versucht doch mal herauszufinden, wo La Souris sich herumtreibt ...«

Wenn alle Polizisten des Viertels diese Anweisung bekamen, erfuhr man also fast auf die Minute genau, wie er seine Zeit verbrachte!

Um neun Uhr hatte er die Tür eines Kinos an den Champs-Elysées *gemacht*, wo Galapremiere war. Er hatte zwölf Francs kassiert und hatte sie vertrunken: zwei ganze Liter, dazu hundert Gramm Wurst und einen Wecken.

Um Lognon aus dem Weg zu gehen, hatte er dann beschlossen, nicht in der Oper, sondern im Grand-Palais zu schlafen. Punkto Komfort war es das gleiche; was die

Atmosphäre betraf ebenso. Und er war hier genauso bekannt wie dort!

Er spielte also seine übliche Komödie, mit um so mehr Elan, als eine recht hübsche junge Frau zugegen war. Sie hatte ein Hündchen verloren und gab dem Wachtmeister eine Beschreibung davon. Währenddessen tastete ein Polizist die Taschen des Alten ab, hieß ihn die Jacke ausziehen, um sie besser durchsuchen zu können, und nur so zum Spaß und um die junge Frau zum Lachen zu bringen, hatte La Souris so getan, als wolle er auch noch die Hose ausziehen, und sich bis zu den Knien in Unterhosen gezeigt.

Lognon hatte ihn trotzdem drangekriegt. Das hatte er nun davon. Der Inspektor war irgendwann in der Nacht gekommen. Er hatte gehört, daß man in den Kleidern des Alten nichts gefunden hatte, und war auf die Idee mit dem Hut gekommen.

La Souris, der durstig war, schlug gute fünf Minuten lang Krach, bis ihm schließlich aufgemacht wurde. Die von der Tagschicht hatten die Nachtwächter abgelöst.

»Wie wär's, wenn ihr mir meinen Hut zurückgeben würdet...«, brummelte er.

Man wußte nicht, worum es ging. Man suchte. Man fand den Hut hinter dem Schreibtisch, und La Souris setzte ihn sich auf den Kopf und ging hinaus.

Erst am Seine-Ufer nahm er ihn wieder ab, fand das Bild an seinem Platz, entdeckte jedoch ein kleines Loch im Papier.

Mit anderen Worten, Lognon hatte die Fotografie kopieren lassen.

Von nun an war es eine Sache zwischen ihnen beiden. La Souris kannte seinen Pappenheimer.

Verwaltungsmäßig ging den Inspektor die Sache nichts an, selbst wenn er irgend etwas herausgefunden hatte. Er gehörte zur städtischen Polizei. Er war im neunten Arrondissement, und sonst nirgends, für die Aufsicht über die öffentlichen Straßen zuständig und sollte insbesondere die heimliche Prostitution unterbinden.

Wenn er ein Verbrechen entdeckte, dann beschränkte sich seine Aufgabe darauf, seine Vorgesetzten davon in Kenntnis zu setzen, die ihrerseits die Kriminalpolizei verständigen würden.

Dies hier aber war, so empfand es La Souris, eine ganz persönliche Angelegenheit. Lognon mochte den alten Clochard nicht. Lognon verabscheute alle Phantasten und konnte Scherze nicht leiden. Damals, als der Elsässer ihm den Spitznamen Inspektor Griesgram gegeben hatte, war Lognon blaß geworden und hatte empört die Nase gerümpft.

Obendrein war er ein Starrkopf. Er hatte zwölf Jahre und mehr gebraucht, um den Inspektorentitel zu erringen, wegen mangelhafter Orthographie, die ihn durch sämtliche Examina hatte schlittern lassen. Dreimal hatte er sich seitdem der Aufnahmeprüfung für den Dienstgrad eines Polizeimeisters unterzogen, und beim dritten Mal hatte man ihm beibringen müssen, daß all seine Bemühungen vergeblich seien, da ihm die in seiner Jugend verpaßte Schulbildung fehlte.

Er konnte jedoch sämtliche Vorschriften auswendig hersagen und würde in dienstlichen Belangen nie auch nur die kleinste Nachlässigkeit begehen. Er nahm es im Gegenteil allzu genau. Ohne Groll, aber unnachsichtig, denn seiner Ansicht nach wurde er schließlich dafür bezahlt.

La Souris verbrachte einen frustrierenden Tag damit, in der heißen Sonne nach ihm zu suchen, auf den stickigen Straßen, die nach aufgeweichtem Asphalt rochen.

Zweimal ging er zur Wache in der Oper, wo Lognon zwischen seinen Runden öfters vorbeischaute, aber er traf ihn nicht an. Gewöhnlich konnte man zu bestimmten Zeiten nicht die großen Boulevards hinuntergehen, ohne ihm zu begegnen und zu sehen, wie er die seiner Meinung nach zu gemächlichen Passanten mit scharfem Blick musterte. Diesmal kein Lognon weit und breit! Und in den Zeitungen kein Wort über ein gewisses Auto, noch über einen Mann in Smoking oder Frack, der vor zwei Tagen in der Avenue Gabriel doch immerhin eines gewaltsamen Todes gestorben war.

Sollte es sich etwa um einen dieser Fälle handeln, die so wichtig waren, daß ein Staatsgeheimnis daraus gemacht wurde? Sonderbarerweise kam es La Souris allmählich vor, als nähme der Mann in seiner Erinnerung zunehmend weniger diffuse Konturen an.

Er hätte nicht zu sagen vermocht, ob das Auto in der Nähe einer Gaslaterne gestanden hatte. An Ort und Stelle hatte er auf nichts geachtet, aber nun kamen ihm wieder Einzelheiten, vor allem die äußere Erscheinung des Unbekannten, der dicklich und so hellblond war, daß er hätte schwören mögen, daß es ein Ausländer war.

In dem Augenblick, als er die Wagentür geöffnet hatte, mußte die Brieftasche auf den Knien des Mannes oder auf dem Boden des Autos gelegen haben, denn sie war von selbst herausgefallen. Und ...

Niemand hätte La Souris ansehen können, daß er scharf nachdachte. Er trottete in seiner ein wenig komischen Gangart dahin, mit gesenktem Kopf, wie es seine Art war, den linken Fuß nachziehend, und übersah keinen einzigen Zigarettenstummel, während doch seine Gedanken ganz woanders waren. Alles Gewohnheitssache!

Was bewies zum Beispiel, daß sich der Tote allein im Auto befand, als der Elsässer die Tür geöffnet hatte?

Bis dahin war er gekommen, und es schien ihm, daß er sich, wie die Kinder sagen, schon fast verbrannte. Die Leiche war noch nicht kalt gewesen. Auch noch nicht starr, sondern weich, fast schlaff.

Angenommen, der Mann saß am Steuer... Irgend jemand saß hinter ihm im Fond ... Das Auto hatte bei einer bestimmten Adresse angehalten, warum nicht vor der Englischen Botschaft, wo vielleicht ein Empfang stattfand?

In diesem Augenblick beugte sich der Mann auf dem Rücksitz vor, umfaßte den anderen mit den Armen und stieß ihm ein Messer in die Brust.

Warum ein Messer? La Souris hätte es nicht sagen können. Er stellte sich aber ein Messer vor, zog die Hypothese eines Revolvers nicht einmal in Betracht.

Der Mörder wollte gerade die Brieftasche an sich nehmen, als er schlurfende Schritte hörte, die von La Souris, und hatte sich gerade noch rechtzeitig in den Fond des Autos geduckt ...

Der Alte hatte nachträglich einen kleinen Schweißausbruch. Er fragte sich sogar, ob er hinten im Auto nicht so etwas wie ein Schnaufen gehört hatte ...

Nachdem La Souris weggegangen war, setzte der Mörder sich nach vorne, ans Steuer, und fuhr das Auto woandershin, an einen sichereren Ort, und vielleicht suchte er nach der Brieftasche, die er nicht hinausfallen gehört hatte? ...

Auf den Terrassen wurde reichlich Bier aus großen beschlagenen Krügen getrunken, und La Souris schlüpfte zwischen die Beine der Leute, um seine Zigarettenstummel aufzulesen, entdeckte ab und zu ein gutmütiges Gesicht und steuerte darauf zu, um seinen Spruch herzusagen, nachdem er sich vergewissert hatte, daß kein Uniformierter in der Nähe war.

»Sie hätten nicht zufällig zwei Francs, damit ich ein Gläschen trinken kann, Verehrtester?«

Dazu ein verschmitztes Augenzwinkern, und es kam selten vor, daß der Kunde nicht anbiß.

Um acht Uhr war von Lognon noch immer nichts zu sehen, aber ein wenig später, als der Alte sich nahe der Polizeiwache in der Oper auf die Trottoirkante setzte, um einen Imbiß zu sich zu nehmen, erkannte er den braunen Anzug des Inspektors. Lognon hatte ihn ebenfalls gesehen, das war sicher. Aber entgegen seiner Gewohnheit, und statt ihn woandershin zu schicken, beschleunigte er seinen Schritt und wandte den Kopf ab, als wolle er nicht erkannt werden.

La Souris mußte ihm also nachlaufen, was gar nicht so einfach war. Je mehr er aufholte, desto mehr beschleunigte der andere seinen Schritt, und schließlich mußte er ihn rufen.

»Sst! ... Herr Inspektor! ... Warten sie doch, zum Teufel! ... Ich habe Neuigkeiten für Sie ...«

Diesmal blieb Lognon abrupt stehen. Finster und abweisend blickte er ihm entgegen, und die Augenbrauen wirkten buschiger denn je.

»Was hast du mir zu sagen?«

»Gar nichts.«

»Nun dann? ...«

Und schon eilte er wieder los!

»Warten Sie doch, Herrgott nochmal! ... Ich will Ihnen trotzdem etwas sagen ... Aber Sie dürfen mich nicht so drängen ...«

Er wußte nicht mehr, was er tun sollte! Sie standen sich gegenüber, in der Nähe des Künstlereingangs. Der Abend war ruhig, der Himmel von zartem Rosa.

»Sag schon!« Lognon wurde ungeduldig.

»Es ist wegen der jungen Dame ...«

Dazu ein verlegenes Augenzwinkern.

»Ich höre.«

»Sie wissen doch, wen ich meine, nicht wahr?«

»Ich warte darauf, daß du es mir sagst.«

»Hören Sie ... Sie sind klüger als ich, und es ist nicht recht von Ihnen, Ihre Macht zu mißbrauchen ... Eine Hand wäscht die andere ... Ich spiele mit offenen Karten ... Sagen Sie mir etwas, dann sage ich Ihnen auch etwas ...«

In solchen Augenblicken hatte La Souris den Blick eines Kindes. Und er wußte es. Er brachte sein faltiges Greisengesicht meisterhaft zur Wirkung.

»Nun sag schon! ...«

»Nein! Sie wissen doch, La Souris hält Wort ...

Geben Sie mir eine Auskunft, dann gebe ich Ihnen auch eine, die ziemlich wichtig sein könnte.«

»Komm mit zur Wache...«

»Mir ist es lieber, wir reden hier. Ganz abgesehen davon, daß auf der Wache Ihre Kollegen zuhören, und Sie sind nicht mehr der einzige, der davon profitiert...«

Er sah, daß der andere zögerte, daß es ihn juckte.

»Was weißt du?«

»Wenn Sie meine Frage beantworten, sage ich es Ihnen.«

»Also stelle deine Frage.«

»Wo wohnt die junge Dame?«

Der Inspektor nahm die Sache sehr ernst, überlegte, belauerte den Alten mit verstohlenem Blick.

»Welche junge Dame?«

»Sie wissen schon. Ich kann sie auch alleine ausfindig machen, wohlgemerkt. Aber ich habe nicht die gleichen Möglichkeiten wie Sie. Bestimmt haben Sie sämtliche Fotografen abgeklappert, die diese Art Fotos machen... Überlegen Sie nur, wieviel Zeit ich mit meinen alten Beinen dazu brauchen würde! Abgesehen davon, daß Sie sich von Ihren Kollegen helfen lassen können...«

Lognon, der trotz allem begierig war, etwas zu erfahren, blickte woandershin.

»Was willst du mir sagen? Gehen wir ein Stück. Wir werden beobachtet...«

»Soll ich so tun, als würde ich Sie um ein Almosen bitten?«

Er tat es, aber mit ängstlicher Miene.

»Mein lieber Herr Inspektor, haben Sie Mitleid mit

einem armen alten Mann, der ein verschollenes Kind wiederfinden will ...«

»Was erzählst du da? Ist sie deine Tochter?«

»Das habe ich nicht gesagt ...«

Er durfte keinen Fehler mehr machen! Der Fisch hatte angebissen! Lognon war so gut wie entschlossen!

»Ein alter Bettler wie La Souris kann zuweilen gute Dienste leisten ... Ich habe es im Gefühl, daß Sie sie gefunden haben ... Streiten Sie es nicht ab! ... Dazu sind Sie zu ehrlich!«

»Also, dann sprich du als erster!«

»So war es nicht ausgemacht ... Aber ich gebe Ihnen mein Wort, ich werde Ihnen etwas verraten ... Wo wohnt sie? ...«

»Avenue du Parc-Montsouris ...«

»In der Nähe des Löwen von Belfort oder am Park?«

»In der Nähe der Rue Dareau ... Jetzt bist du dran! Warum hast du das Foto in deinem Hut versteckt? Mittwoch abend, als du auf der Wache durchsucht worden bist, hattest du es noch nicht ... Woher hast du es?«

»Ich habe es gefunden.«

Lognons strenger Blick sagte, daß dies nicht der rechte Augenblick für Scherze sei.

»Wer hat den Namen auf die Rückseite geschrieben?«

»Das wissen Sie genau, denn Sie kennen meine Handschrift. Ich war es!«

»Warum?«

»Weil ich einen Bleistift hatte ...«

»Komm mit zur Wache!«

Ein Polizeiposten am Operneingang sah sie belustigt an und fragte sich, weshalb der Clochard und der Inspektor wohl wieder einmal aneinandergeraten waren. Der Inspektor bemerkte es und wurde beinahe ausfällig.

»Komm endlich!«

»Moment ... Ich schwöre, ich werde sprechen ...«

»Wie bist du auf den Namen gekommen?«

»Archibald Landsburry?« deklamierte La Souris.

»Woher hast du ihn?«

»Ich habe ihn auf einem Auto gelesen ...«

Er spielte! Er wollte Zeit gewinnen.

»Wo das?«

»Vor der ›Taverne Royale‹ ...«

»Und warum hast du ihn aufgeschrieben?«

»Weil mir jemand, der in dem Auto saß, fünf Francs Trinkgeld gegeben hat ... Ich wollte für ihn beten.«

»War es ein Mann?«

»Ja.«

»Mittleren Alters?«

»Ja ... Mit graumeliertem Haar ...«

La Souris begann sich Sorgen zu machen. Er fragte sich, warum der Inspektor so auf einem Namen herumritt, statt sich mit dem jungen Mädchen auf dem Foto zu befassen.

»Wann war das?«

»Gestern gegen vier Uhr ...«

Womöglich war dieser Archibald Landsburry wirklich der Mann aus dem Auto, der Tote aus der Rue Gabriel!

»Und das Foto?«

»Das habe ich gefunden ...«

»Einfach so auf der Straße, ganz zufällig?«

»Nein! Auf dem Boden in einem Bistro in der Rue... Rue Washington...«

La Souris bekam es allmählich wirklich mit der Angst. Auch mit Clownerien konnte er keine Zeit mehr gewinnen, und Lognon sagte unerbittlich:

»Also, was wolltest du mir sagen?«

Sein Blick gab ihm zu verstehen, daß es sehr böse Folgen haben konnte, wenn er nicht endlich herausrückte.

»Ich wollte Ihnen sagen, daß ich der Dame auf dem Foto vorgestern, ja, am Nachmittag des 23., im Luna-Park begegnet bin...«

»Weiter!«

»Nichts weiter... Sie war in Begleitung eines Herrn und eines kleinen Jungen...«

»Hast du sie gesehen?«

»Ja...«

»Wie sah der Mann aus?«

Er mußte es sagen, wenn er etwas erfahren wollte.

»... er war blond... hellblond... ziemlich dick...«

Es hatte den Anschein, als würde die Antwort den Inspektor beruhigen. Also stand sie in keinem Widerspruch zu seinen eigenen Erkenntnissen! Aus Gewissenhaftigkeit brummelte er:

»Was hast du im Luna-Park gemacht?«

»Sie wissen doch... da kann man hin und wieder an einem Stand aushelfen... Manchmal schlage ich auch die Trommel, und wenn ein Musiker ausfällt, spiele ich sogar Horn...«

Dem Gesicht Lognons, das so kantig geschnitten war wie ein Holzkopf, sah man das angestrengte Nachdenken an, die Angst, zum Narren gehalten zu werden, und den Wunsch, der Stärkere zu sein, sich durchzusetzen.

»Ist das alles, was du weißt?«

»Was sollte ich sonst noch wissen?« gab La Souris mit bewundernswert gespielter Unschuld zurück.

»Ja, natürlich ...«, schien der andere zu sagen.

Und doch ärgerte es ihn, lockerlassen zu müssen. Es war ihm, als habe er die Sache nicht recht im Griff, als fehlte nur ganz wenig, eine kleine Erleuchtung, um etwas aufdecken zu können, was bisher nur eine Ahnung war.

»Was hast du mit dem Foto im Sinn?«

»Und Sie?«

»Das geht nur mich etwas an.«

»Und für mich ist es erst recht eine persönliche Angelegenheit, weil Gefühle mitspielen. Sie werden mir doch nicht verbieten, verliebt zu sein?«

»Wart, ich komm dir schon auf die Sprünge«, drohte der Inspektor und schickte sich zum Gehen an.

Dann blieb er doch noch stehen, machte einen letzten Vorstoß.

»Du bist also fest entschlossen?«

»Wozu?«

Es lohnte sich nicht, ihn weiter zu bedrängen. Lieber ging er nach Hause und dachte nach.

La Souris hingegen ging zum Schlafen auf die Wache bei den Hallen, die auf dem Weg zur Avenue du Parc-Montsouris lag. Dort war es nicht so sauber wie in der Oper und roch nach altem Gemüse. Er kannte niemanden; aber er hatte das Glück, auf einen Alten zu stoßen, der eine ganze Tüte Essensreste hatte und mit ihm teilte.

Kurz vor dem Einschlafen hatte La Souris seinen Nachbarn, der mit dem Taschenmesser an seinem Hühnerauge herumschabte, gefragt:

»Du kennst nicht zufällig einen Archibald Landsburry?«

»Nie gehört«, hatte der andere geantwortet.

Lognon jedoch hatte, nachdem er den Namen auf der Rückseite des Fotos gelesen hatte, nur das nächstbeste Telefonbuch aufzuschlagen brauchen, um sich zu vergewissern, daß er sich nicht irrte und daß der Name in der Tat derjenige des englischen Botschafters in Paris war. Nur eines stimmte nicht: auf dem Foto stand *Sir*, und der Botschafter war Lord.

Das Original des Fotos aufzutreiben, war unendlich viel einfacher gewesen als erwartet. Lognon hatte sich im neunten Arrondissement nachmittags von einem Kollegen vertreten lassen und hatte sich dann zum Erkennungsdienst am Quai des Orfèvres begeben.

Er war um so aufgeregter, als es einst sein Traum gewesen war, dieser Behörde anzugehören, die für ihn den Adelsstand der Polizei darstellte.

Er verlangte nicht einen höheren Beamten zu sehen, sondern nur einen einfachen Fotografen, und stand nun dort oben unter dem Dach vor einem hageren jungen Mann, dessen Gesicht mit Sommersprossen übersät war.

»Inspektor Lognon, vom Neunten ... Entschuldigen Sie die Störung, denn ich komme nicht in dienstlichem Auftrag ...«

Lognon war im Grunde schüchtern, und vor allem hatte er Minderwertigkeitskomplexe.

»Ich wollte Sie fragen ... Angenommen, man legt Ihnen dieses Foto vor und bittet Sie, das Original zu suchen ...«

»Die Frau da?«

»Ja ... Gibt es beispielsweise viele Apparate, mit denen solche Fotos gemacht werden?«

»Vor fünf, sechs Jahren gab es viele davon ... Jetzt werden automatische Kameras benutzt ...«

»Nun?«

Ja, was nun? Mußte ein Fachmann nicht notwendigerweise eine Lösung finden?

»Als erstes sollte man die Karteien durchsehen ... Man kann nie wissen ...«

Das war alles! Mehr wußte der Fotograf nicht!

»Und wenn Sie die Pariser Fotografen abklapperten ...«, hatte er ohne Überzeugung vorgeschlagen.

Nun, genau das würde Lognon tun, falls es nötig sein sollte. Vielleicht vergebens! Er würde seinen Jahresurlaub dafür verwenden. Aber er würde herausfinden, was hinter La Souris' Heimlichtuerei steckte.

Für alle Fälle verlangte er noch einen Inspektor von der Sitte zu sprechen, einen Kollegen also, aber einen Kollegen aus dem hohen Haus.

Man ließ ihn wie einen ganz gewöhnlichen Kunden durch endlose Gänge gehen. Er wartete in einem Vorzimmer. Ein dutzendmal mußte er sein Foto herzeigen, bis man ihm endlich eine Karteikarte und schließlich eine Akte vorlegte.

Lucile Boisvin, geboren im Departement Seine-et-Marne, Mädchen für alles bei einem Bäcker in der Ave-

nue des Ternes, wegen heimlicher Prostitution erstmals festgenommen am ...

Zweimal, dreimal festgenommen vor sieben Jahren, als sie gerade achtzehn war.

Er war wieder ganz in seinem Element, fand den Stil der Berichte seinem eigenen ähnlich und machte sich aufs Geratewohl Notizen.

Lucile Boisvin hatte sich bald gebessert. Dem Bericht eines Inspektors zufolge, der bestätigte, daß sie in ihrer Wohnung Avenue du Parc-Montsouris 37 lebte und regelmäßige Einkünfte hatte, hörte sie einige Monate später auf, Gegenstand besonderer Überwachung zu sein.

Sie hatte nunmehr einen Freund, einen schweizerischen Handelsvertreter namens Leroy, der für ihren Unterhalt aufkam.

Um fünf Uhr, während die Polizisten des achten Arrondissements La Souris auf Schritt und Tritt im Auge behielten, klingelte Lognon an einer Wohnungstür in der Avenue du Parc-Montsouris. Es war die Sonnenseite der Allee, und gleich beim Hereinkommen staunte er über die Helligkeit der Wohnung mit ihren weißen Wänden, den Vorhängen in lebhaften Farben und den Möbeln, die gerade aus dem Möbelgeschäft zu kommen schienen, so sauber waren sie. Ein fünfjähriger Junge spielte auf dem Balkon. Und Lucile Boisvin, die ebenfalls hell gekleidet war, erinnerte in nichts mehr an das schlampige Gör auf dem Foto, ebensowenig wie an die Polizeiberichte, sondern an eine vorbildliche junge Mama, die an einem grünen Strickzeug strickte.

Als Lognon mit seiner unzugänglichen Miene ohne ein Wort eintrat, war sie zusammengefahren und hatte gefragt:

»Kommen Sie von Edgar?«

Dann, erschrocken über die buschigen Augenbrauen, die sich zusammenzogen:

»Es ist ihm doch nichts zugestoßen?«

»Ich glaube nicht... Ich habe das Foto hier in der Gegend gefunden... Ich wollte es Ihnen gern zurückgeben...«

Sie verstand nicht!

»Woher wußten Sie, daß ich es bin?«

Er wurde verlegen, erklärte, daß er in der Rue Dareau wohne, daß sie ihm schon früher aufgefallen sei und daß er gedacht habe, sie könne vielleicht an dem Foto hängen.

Sie drehte und wendete das Stückchen Pappe völlig verwirrt zwischen den Fingern.

»Geben Sie zu, daß es Edgar war, der Ihnen gesagt hat...«

Er war unruhig, denn er war nicht dienstlich hier. Er wollte möglichst schnell wieder hinaus...

»Ich verstehe überhaupt nichts mehr... Es gleicht dem Foto, das er stets in der Tasche trug... Sagen Sie doch... Sind Sie sicher, daß ihm kein Unglück zugestoßen ist?«

Das Kind hörte zu. Während Lucile Boisvin brünett war, hatte der Knabe silberblondes Haar und eine milchweiße Haut.

»Warum ist er nicht gekommen?« sagte sie leise, wie zu sich selbst.

Der Besucher beunruhigte sie. Sie hatte ihn nicht gebeten, sich zu setzen. Es war warm, und Lognon dachte, eine so helle Wohnung würde ihm auch gefallen, eine Wohnung, in der nichts herumlag, in der es kein Staubkörnchen gab, die ihn alles in allem ein wenig an eine Luxusklinik erinnerte.

»Haben Sie auf Monsieur Leroy gewartet?« fragte er linkisch.

»Da sehen Sie, Sie kennen ihn! Sagen Sie schnell, was Sie zu sagen haben ...«

»Ich schwöre Ihnen ... ich habe das Foto gefunden ... Ich habe im Milchladen gefragt, wo Sie wohnen ...«

»Woher wissen Sie dann den Namen meines Freundes?«

Sie sagte schlicht und einfach *Freund*, ohne falsche Scham, ohne sich wegen des Kindes Gedanken zu machen.

»Von der Concierge ...«

»So!«

Sie glaubte ihm nicht. Aber sie wußte auch nicht, wie sie ihn zum Sprechen bewegen konnte, und ließ ihn rückwärts hinausgehen, hörte ihn die drei Etagen hinuntergehen, ohne den Aufzug zu benutzen, legte das Foto auf den Tisch und betrachtete es eine Weile voller Sorge.

Dann drehte sie es mechanisch um, las den Namen Sir Archibald Landsburry und zuckte die Schultern, als wollte sie sagen:

»Nun, wir werden sehen ...«

Sie hatte den Namen nie gehört, und sie las auch selten Zeitung.

3

Frédéric Müller und die Ungarin Dora

Es waren ohne Übertreibung gesagt zwei schreckliche Stunden, aber von einem Schrecken ohne jede Größe, ohne Poesie, zwei Stunden, in denen sich die anfängliche Besorgnis nach und nach in Panik wandelte, in diesem großen Salon, in dem man unter den Augen von sieben, acht Personen, die sich ihrerseits ganz wohlzufühlen schienen, reglos ausharren mußte, koste es, was es wolle.

Immer wieder war Lognon nahe daran aufzustehen und den Diener um seinen braunen Hut zu bitten, den dieser ihm abgenommen hatte, was noch dazu beitrug, daß er die Fassung verlor, denn er war es gewohnt, mit dem Hut auf den Knien zu warten.

Kaum hatte er die Englische Botschaft betreten, als er es auch schon bereute und durch die Fenster neidvoll auf das Laub der Alleebäume draußen im Freien blickte.

Auf jeden Fall war es ein Fehler gewesen. Immer verfiel er in den Fehler, alles besonders gut machen zu wollen, wie seine Frau ihm unentwegt vorhielt.

Es war ihm eben ein Bedürfnis herauszufinden, was an der Sache mit dem Kuvert voller Dollars faul war und La Souris zu zeigen, daß ein Polizeiinspektor nicht unbedingt ein Trottel ist, jawohl!

Diesmal war er jedoch ein bißchen zu weit gegangen!

Lord Archibald Landsburry, dem englischen Botschafter, seine Karte überbringen zu lassen, seine gedruckte Visitenkarte, auf der die Worte »Inspektor der städtischen Polizei« standen!

Neue Besucher traten ins Wartezimmer, blieben stehen oder setzten sich, keiner von ihnen aber war bisher länger als zwanzig Minuten geblieben. Nach einer Stunde brach Lognon vor Angst der Schweiß aus. Dann redete er sich ein, der Botschafter habe den Polizeipräsidenten angerufen und sich über ein so ungehöriges Vorgehen beschwert.

Endlich hatte man ihn unverhofft in ein luxuriöses Büro geführt, wo ihm ein hochnäsiger junger Mann einen Stuhl angewiesen hatte.

»Lord Landsburry?« hatte Lognon gestammelt, dessen Blick immer wilder wurde, je mehr er die Fassung verlor.

»Einer seiner Sekretäre ...«

»Ich wollte doch mit Lord Landsburry persönlich ...«

Wie es dann weiterging, hätte er nicht sagen können. Er durchquerte zwei Büros, schritt durch eine gepolsterte Tür und befand sich in einem unerwartet prunkvollen Raum, steuerte auf eine sitzende Gestalt, auf ein Monokel zu.

»Ich wollte Eure Exzellenz lediglich fragen, ob Ihr ... ob Sie diese Person kennen ...«

Dabei zeigte er das Bild von Lucile Boisvin, von dem er, wenn er schon gerade dabeigewesen war, gleich ein halbes Dutzend Abzüge hatte machen lassen. Er hatte nichts als das zur Verfügung. Also mußte er auch Gebrauch davon machen!

Der Botschafter war über die Frage so verdutzt, daß er die Fotografie eine ganze Weile anstarrte, bevor er sie dem Inspektor zurückgab.

»Wer ist das?« fragte er schließlich.

»Niemand... völlig unwichtig... wenn Sie sie nicht kennen...«

Er lief davon und vergaß seinen Hut. Der Lakai mußte ihm nacheilen, um ihn ihm zurückzugeben. Er fühlte sich erniedrigt, gedemütigt und enttäuscht zugleich und hatte obendrein Angst, denn seine Visitenkarte war auf dem Schreibtisch von Lord Landsburry liegengeblieben, und es konnte gut sein, daß dieser der Ordnung halber im Polizeipräsidium anrufen ließ.

Als er aus der Botschaft kam und zum gegenüberliegenden Trottoir eilen wollte, fiel sein Blick auf La Souris, der seelenruhig auf einer Bank saß.

Lognon machte sich nicht die Mühe, lange zu überlegen. Er schoß mit so entschlossener Miene auf den guten Mann zu, daß dieser den Arm hob, wie um einen Schlag abzuwehren.

»Was tust du hier?«

»Das sehen Sie doch. Ich esse! Und Sie? Sagen Sie mal, was hat Archibald Ihnen erzählt?«

Der uniformierte Portier, der am Eingang der Botschaft stand, konnte sie sehen. Lognon merkte, daß er auf dem besten Wege war, sich zu neuen Unbesonnenheiten hinreißen zu lassen. Er fauchte La Souris an:

»Hör zu... Wir beide müssen miteinander reden... Willst du heute abend zu mir kommen, gegen acht Uhr? Ich wohne Nummer 29 Place...«

»...Constantin-Pecqueur... Kenne ich!«

Und La Souris zwinkerte mit den Augen, ging, das linke Bein nachziehend, davon und bückte sich, um einen Zigarettenstummel aufzulesen.

Als es um acht an der Tür klingelte, gab Lognon seiner Frau ein Zeichen, und diese faßte ihren Sohn am Arm, ging mit ihm ins Schlafzimmer hinüber und schloß die Tür hinter sich. Unterdessen ging Lognon öffnen und drehte im Vorbeigehen am Schalter des Radios, aus dem eine gedämpfte Stimme tönte.

Es sah einigermaßen ordentlich aus. Man hatte absichtlich etwas früher zu Abend gegessen. Ein Schulheft des Kleinen und ein Mathematikbuch lagen aufgeschlagen auf dem Tisch. Auf dem Buffet stand ein Rest Pflaumenkompott.

La Souris trat ein, mit einem Gesicht, als wüßte er nicht recht, was ihn erwartete, und spielte vorsichtshalber seine kleine Komödie, blickte sich um und stieß einen leisen Pfiff aus.

»Sieh an, sieh an! Gar nicht schlecht hier bei Ihnen!«

Es gab nicht viel Platz; das war das Lästigste. Das Zimmer war klein. Man konnte sich zwischen den Möbeln gerade noch bewegen, aber mit einem orangefarbenen Lampenschirm aus irisierendem Milchglas wirkte es gemütlich.

Lognon hatte seine Pantoffeln anbehalten.

»Setz dich.«

Wieder erfaßte ihn ein unangenehmes Gefühl, ähnlich der Panik in der Botschaft, und er suchte nach Worten, beunruhigt von dem Gedanken, eine Dummheit zu machen und vor allem sich beruflich zu kompromittieren.

Auch sein Gesprächspartner kam ihm nervös, ja geradezu fiebrig und sein Blick ungewöhnlich unstet vor, aber fälschlicherweise schrieb er dies der Aufregung La Souris' zu, der zum ersten Mal in seinem Leben bei einem Polizeiinspektor zu Gast war.

»Wir werden ernsthaft miteinander reden, hm?« stieß er hervor, während er sich eine Pfeife stopfte, die er nur zu Hause rauchte.

Er rang sich ein Lächeln ab.

»Mit offenen Karten ... hm? ...«

Wenn er auf diese Weise immer wieder hm? ... hm? ... sagte, so hieß das, er war unsicher. Und diesmal sagte er es unzählige Male.

»Die Karten auf den Tisch, hm? ...«

Er sah nicht, daß die von den Fransen der Tischdecke verdeckten Hände des Alten auf seinen Knien zitterten.

Denn während am 24. Juni, am 25. Juni und am Morgen des 26. kein Wort über das Auto und den Toten in den Zeitungen zu finden gewesen war, hatte La Souris vor einer knappen Stunde in einer Abendzeitung folgendes gelesen:

VERSCHWINDEN EINES SCHWEIZER BANKIERS IN PARIS ERREGT BESORGNIS

Wie die Polizei soeben erfuhr, ist eine bedeutende Persönlichkeit der Finanzwelt, der Basler Edgar Loem, auf geheimnisvolle Weise verschwunden.

Loem, der die Geschicke einer unter dem Namen Basler Gruppe bekannten Finanzgruppe leitet, hielt sich

häufig in verschiedenen europäischen Hauptstädten und namentlich in Paris auf.

Er hatte für jeweils ein Jahr eine Suite im ›Hôtel Castiglione‹, Ecke Place Vendôme gemietet, wo auch sein Bevollmächtigter für die französischen Filialen, Frédéric Müller, absteigt.

Wichtiges Detail: Während seiner Aufenthalte in der französischen Hauptstadt mietete Loem bei einer Werkstatt nahe der Place de l'Etoile eine Luxuslimousine und pflegte diese selbst zu fahren.

In diesem Wagen verließ er am 23. Juni gegen acht Uhr die Place Vendôme, vermutlich um sich zu einer Abendgesellschaft zu begeben, denn er war im Frack.

Anzumerken ist, daß Loem, der nur in engeren Finanzkreisen bekannt ist, ein sehr unauffälliger Mann war, dessen gesellschaftlicher Umgang sich auf das strikte Minimum beschränkte.

Wohin war er an jenem Abend unterwegs? Er unterließ es, seinen Bevollmächtigten Müller darüber zu unterrichten. Fest steht jedoch, daß er sich am darauffolgenden Morgen noch nicht im ›Hôtel Castiglione‹ zurückgemeldet hatte. Und auch heute abend, am 26. Juni, liegt noch keinerlei Nachricht von ihm vor.

Müller hatte bis jetzt angenommen, der Finanzier sei, wie dies zuweilen vorkam, unerwartet nach Brüssel oder Amsterdam gefahren. Eine telefonische Nachfrage an seinen verschiedenen Wohnsitzen gibt jedoch zur Vermutung Anlaß, daß Loem nicht aus freien Stücken abwesend ist.

Der Mietwagen, den die Werkstatt erst vor kurzem einem Industriellen aus dem Departement Seine-et-

Oise abgekauft hatte, trägt noch das alte Kennzeichen: Y.A. 5-6713. Es handelt sich um eine sechssitzige Limousine mit dunkelblauer Karosserie.

Loem ist von kleiner Statur und hellblond; er hat einen leichten Akzent und neigt zur Korpulenz.

Frédéric Müller zufolge hatte er nicht die Gewohnheit, größere Geldbeträge mit sich zu führen.

Mit der Ermittlung wurde Kommissar Lucas von der Kriminalpolizei beauftragt.

Eine Stunde bevor er diese Meldung las, hätte La Souris viel darum gegeben, die Ungewißheit los zu sein und endlich die Identität seiner Leiche zu erfahren. Er freute sich regelrecht auf die Zusammenkunft mit dem Polizisten in dessen Wohnung und hinkte frohgemut in Richtung Montmartre.

Erst im Tabaksladen an der Place Clichy hatte er die Zeitung gelesen, und seither versuchte er vergeblich, sein Gleichgewicht wiederzufinden.

»Zigarette?« bot Lognon ihm in barschem Ton an.

»Gern ...«

Im Zimmer nebenan brachte Madame Lognon den Kleinen zu Bett. In der darüberliegenden Etage hörte man Leute hin und her gehen. Lognon ließ sich Zeit, seinem Gesicht den nötigen Ernst zu geben, und richtete einen strengen Blick auf den Clochard.

»Du wirst ganz offen reden, hm?«

Andauernd dieses verräterische »hm«!

»Hör zu ... Du kennst mich ... Du weißt, ich lasse dich nicht laufen, ehe ich nicht weiß, was ich wissen will ...«

»Ich kenne Sie!« räumte La Souris ein.

»Manch einer meiner Kollegen würde an meiner Stelle ganz anders mit dir umspringen.«

Der Alte deutete ein Lächeln an. Mit Drohungen machte man ihm keine Angst. Er wußte, daß sein Gegenüber auf eine Verhaftung wegen irgendeiner imaginären oder tatsächlichen Verfehlung anspielte, wie man sie einem Clochard immer anhängen konnte.

Die Pfeife, die verstopft war, gab ein unappetitliches Geräusch von sich, aber Lognon war wohl daran gewöhnt, denn er bemerkte es nicht einmal.

»Ich verspreche dir auch nicht, daß ich mich, falls du etwas auf dem Gewissen hast, dafür verwenden werde, daß du keine Schwierigkeiten bekommst. Das ist nicht meine Art ...«

Das stimmte. Er war im Grunde ein anständiger Mensch. Und im tiefsten Grunde sogar ein guter Kerl.

Nur war er neugierig!

»Antworte mir ganz ehrlich! Das ist das Beste, was du tun kannst ...«

»Wem soll ich antworten?« sagte der andere mit Unschuldsmiene.

»Mir!«

»Entschuldigung! Soll ich dem Inspektor Lognon vom Neunten oder dem Joseph Lognon, Place Constantin-Pecqueur 29, antworten? Das ist es, was ich wissen möchte ...«

In der Tat! Es war ein Fehler gewesen, den Alten in die Wohnung kommen zu lassen.

»Antworte, wem du möchtest ... Sag mir als erstes, wie du diese Frau kennengelernt hast ...«

»Lucile Boisvin?« warf La Souris ruhig ein.

»Siehst du, du kennst sie!«

»So wie Sie ... Und erst seit gerade eben ... Sie haben mir gestern abend freundlicherweise gesagt, daß sie in der Avenue du Parc-Montsouris wohnt ... Heute morgen bin ich hingegangen und habe mich zu ihr auf die Bank gesetzt, während das Kind im Park spielte ...«

»Hast du mit ihr gesprochen?«

»Nicht auf der Bank ... Es schickt sich nicht, eine Frau auf der Straße anzusprechen ... Ich habe gewartet, bis sie wieder nach Hause gegangen ist, nachdem sie in der Avenue d'Orléans ihre Einkäufe gemacht hatte ... Zwei Lammkoteletts hat sie gekauft ...«

»Du bist zu ihr nach Hause gegangen?«

»Ich mußte ihr doch das Foto zurückgeben, genau wie Sie! Sie hat mich ängstlich angesehen, dann hat sie ein anderes Foto geholt, das auf dem Kamin lag und genau gleich aussah. Sie verstand überhaupt nichts mehr ...«

»Was hat sie zu dir gesagt?«

»Sie hat mich gefragt, ob ich Monsieur Leroy kenne ... Sie zitterte ... Einmal habe ich mich sogar gefragt, ob sie nicht gleich in Tränen ausbrechen wird ... Ich habe ihr ganz offen gesagt, daß ich noch nie von Leroy gehört hätte, aber daß hinten auf dem Foto ein Name stünde ... Sie wissen doch? Archibald ...«

»Und dann?«

»Das ist alles. Dann bin ich lieber gegangen ... Als ich draußen war, kam ich auf die Idee, in einen Tabaksladen zu gehen und im Telefonverzeichnis nach Archibald Landsburry zu suchen ... Nur habe ich keinen

Zutritt zu den Botschaften ... Was hat er Ihnen gesagt, unser Archibald?«

»Nichts.«

Lognon hatte ohne Überlegung gesprochen. Er korrigierte sich.

»Das geht dich nichts an.«

»Sehen Sie, wie Sie zu mir sind! Ich habe Ihnen offen und ehrlich alles gesagt, als ein Mensch, der nichts zu verbergen hat ... Herrje! Verdammt heiß, hier bei Ihnen.«

Dabei wischte er sich mit dem Ärmel über die Stirn. Dann stand er auf.

»Sehen Sie, wir haben uns nichts mehr zu sagen ...«

»Mosselbach!« rief Lognon, der diesen Namen zum ersten Mal aussprach.

»Was ist?«

»Gestehe mir die Wahrheit!«

»Welche Wahrheit?«

»Die Geschichte mit den Dollars und dem Foto ...«

»Muß ich wieder von vorne anfangen? Na schön! Es war Mittwoch, und ich war zum Boot der Heilsarmee gegangen, wie ich es jeden Mittwoch tue, um meine Suppe dort zu essen. Es regnete und ...«

»Danach habe ich dich nicht gefragt.«

Denn er log! Lognon spürte es. Er hatte es gleich am ersten Tag gespürt, schon bei der Hanswurstiade, die La Souris auf der Polizeiwache in der Oper aufgeführt hatte. Diese genauen Zeit- und Ortsangaben, die Erwähnung des Portiers vom ›Maxim's‹ und die Geschichte mit Léa und den vier Francs für ein Taxi! ...

»Wenn Sie Wert darauf legen, kann ich mir ja etwas

ausdenken ... Darin bin ich Meister. Angenommen, ich habe die Banknoten einem betrunkenen Kunden gestohlen ...«

»Genug damit!«

Besser, es dabei bewenden zu lassen. Lognon wäre imstande gewesen, Dummheiten zu machen. Er ging zur Tür und öffnete sie.

»Wir werden schon sehen«, sagte er drohend.

»Wenn Sie mich deshalb eingeladen haben! ... Trotzdem, auf Wiedersehen. Falls Sie mich nochmal brauchen, ab Mitternacht finden Sie mich auf der Polizeiwache ...«

Während La Souris die vier Etagen hinunterstieg, murmelte er vor sich hin:

»Loem ... Loem ... Loem hieß er ...«

Na und? Was ging es ihn an, alles in allem gesehen?

Als Lognon am nächsten Mittag das Büro des Bezirksoberinspektors verließ, war sein Gewissen leichter. Es war besser so! Der Oberinspektor hatte ihn übrigens ohne großes Interesse angehört, mehrmals: »So, so!« gemacht und schließlich entschieden:

»Bringen Sie es zu Papier ... Ich werde den Bericht dann für alle Fälle weiterleiten ... Solange jedoch keine Beschwerde vorliegt ...«

Er wollte den Bericht im Büro schreiben, blieb vier-, fünfmal nach wenigen Zeilen stecken und ging schließlich nach Hause, um dort weiterzuarbeiten.

Schrecklich schwierig war das! Mündlich gelang es ihm ja noch, seinen Verdacht mitzuteilen, ihn zumindest plausibel zu machen. Aber auf dem Papier wirkte das alles wie blanker Unsinn.

»... zweifellos ist das Verhalten von La Souris, den ich seit zehn Jahren kenne ...«

»... die Tatsache, daß er das Foto unter dem Hutleder versteckt hat, läßt es einleuchtend erscheinen ...«

»... hätte wirklich jemand am 23. Juni einen Betrag von mehr als hundertfünfzigtausend Francs verloren, so hätte er sich inzwischen gewiß zu erkennen gegeben ...«

Er las den Bericht seiner Frau vor, die sich nicht sonderlich wohl fühlte und nur halb hinhörte.

»Was meinst du dazu?«

»Ich meine, du solltest solche Leute nicht hier empfangen ... Man kann nie wissen!«

Als der Bericht dann endlich auf dem Schreibtisch des Bezirksoberinspektors lag, fühlte er sich dennoch erleichtert. Er nahm sich vor, heute nacht eine längere Runde bis in die letzten Winkel des Viertels zu machen, um auf andere Gedanken zu kommen, und schwor sich, La Souris aus dem Weg zu gehen, um der Versuchung besser widerstehen zu können.

AUFSEHENERREGENDER ZWISCHENFALL
IN DER LOEMAFFÄRE

Junge Ungarin beschuldigt Frédéric Müller, seinen Chef ermordet zu haben

Gestern abend berichteten wir vom Verschwinden des Schweizer Finanziers Edgar Loem, der seit dem 23. Juni nicht mehr gesehen wurde. Loem hatte gegen zwanzig Uhr das ›Hôtel Castiglione‹ verlassen, um sich zu einer

Abendgesellschaft zu begeben. Wie gemeldet, hatte Frédéric Müller, der französische Bevollmächtigte des Verschwundenen, der Polizei als erster seine Befürchtungen mitgeteilt.

Heute morgen nun hat sich Kommissar Lucas von der Kriminalpolizei ins ›Hôtel Castiglione‹ begeben, um dort einige für seine Ermittlungen notwendige Erkundigungen einzuziehen.

Das an der Ecke der Straße gleichen Namens und der Place Vendôme gelegene ›Hôtel Castiglione‹ ist gleichwohl kein aufdringlich luxuriöses Haus. Eine einfache Drehtür zu ebener Erde zwischen den Schaufenstern eines Kürschners und eines berühmten Kunsthändlers.

Die Atmosphäre ist nüchtern und ein wenig altmodisch. Eine Treppe mit bronzenen Leuchtern und einem roten Läufer führt zur ersten Etage hinauf, wo sich die Salons und das Büro befinden.

Die Kundschaft besteht vor allem aus Stammgästen, vornehmlich Geschäftsleuten, denen Ruhe wichtiger ist als auffälliger Luxus.

Der Oberkellner, seit vierzig Jahren im Haus, hat uns ein recht lebendiges Bild von Edgar Loem gezeichnet, der nach seinen Worten ein äußerst zurückhaltender und bescheidener Mensch ist.

Im übrigen sagte er:

»Wer ihn nicht kennt, würde ihn für einen Beamten oder einen Bankangestellten halten. Er trug fast immer Grau, das war seine Lieblingsfarbe. Da er immer die gleiche Suite bewohnt, hat er auch diese grau tapezieren lassen …«

Sie enthielt kein Büro. Dieses befand sich in Müllers Suite, zu der es eine Verbindungstür gab. Loem war grundsätzlich für niemanden zu sprechen und beantwortete keine Telefonanrufe.

Besucher wurden von Müller empfangen. Dieser verließ dann zuweilen seinen Gast für einen Augenblick, um ins Nebenzimmer zu gehen und sich mit seinem Chef zu besprechen.

Als wir den Oberkellner nach etwelchen Abenteuern fragten, protestierte er nachdrücklich:

»Er und Frauen? Nie und nimmer, meine Herren! Weder Frauen noch Alkohol noch Tabak ...«

Um das Bild des mysteriösen Verschwundenen abzurunden, verriet er uns noch:

»Nein, man kann nicht behaupten, daß er viel arbeitete. Sämtliche Akten befanden sich in einem Tresor bei Müller. Er selbst verbrachte zum Beispiel viele Stunden mit seiner Briefmarkensammlung.«

Und nun zu den überraschenden Ereignissen des heutigen Vormittags. Kommissar Lucas, der für seine Diskretion bekannt ist, hatte sich fast eine Stunde lang unter vier Augen bei Frédéric Müller aufgehalten. Über die Unterredung der beiden Männer ist nichts durchgesikkert.

Wir Journalisten saßen zu mehreren im Salon des Hotels, als eine junge Dame von erlesener Eleganz aus dem Aufzug trat, der aus den oberen Etagen kam.

Sie zog sofort die Aufmerksamkeit auf sich, sowohl ihres hellseidenen Kostüms und ihres mahagonifarbenen Haars als auch der extremen Erregung wegen, in der sie sich befand. Ich bin überzeugt, daß sie in uns die Vertre-

ter der Presse erkannte, denn sie steuerte ohne Zögern auf uns zu.

»Ist er immer noch da?« fragte sie, auf Müllers Tür deutend.

Ohne eine Antwort abzuwarten, rief sie dann den Oberkellner, der gerade vorbeikam.

»Germain! Bringen Sie mir augenblicklich einen Cocktail ...«

»Einen Rose, Miss Dora?«

Rumänin? Ungarin? mutmaßten wir leise über ihren Akzent, indessen sie, ihre hohen Absätze in den roten Teppich bohrend, nervös die Halle durchmaß. Dann leerte sie in einem Zug das Glas, das Germain ihr auf einem Tablett brachte.

Wie ich außerdem feststellen konnte, schienen der Geschäftsführer und der Empfangschef über ihre Erregung besorgt zu sein und sprachen leise darüber.

Just in diesem Augenblick ging die Tür auf. Der Kommissar kam als erster heraus, gefolgt von einem hageren Mann mit gescheiteltem Haar.

Der sympathische Kommissar Lucas kam nicht mehr dazu, die Hand zu ergreifen, die Müller ihm hinstreckte, denn die junge Frau trat dazwischen und erklärte kategorisch:

»Er hat Edgar getötet!«

Große Aufregung, wie man sich vorstellen kann! Miss Dora sprach indessen mit fieberhafter Erregung weiter, wobei sich Wörter einer fremden Sprache in ihre Rede mischten:

»Nein, ich bin nicht verrückt, wie er Ihnen weismachen will ... (da der Kommissar einen Schritt auf den

Salon zu gemacht hatte, schrie sie noch lauter). Die Herren von der Presse können ruhig alles hören ... Ich sage Ihnen, es war Müller, der Edgar getötet hat ... Gewiß hat er versichert, ihn seit dem 23. um acht Uhr nicht mehr gesehen zu haben ... Ich behaupte dagegen, daß sie zusammen im Auto weggefahren sind ... Der Oberkellner kann Ihnen auch bestätigen, daß sie morgens eine lange Diskussion hatten und daß Loem dabei laut geworden ist, was sonst nie vorkam ...«

In diesem Moment gelang es dem Kommissar, sie in einen anderen Salon hinüberzuschieben, und er schloß die Tür. Von dort muß er ein Gespräch mit der Kriminalpolizei geführt haben, denn eine halbe Stunde später traf ein Untersuchungsrichter in Begleitung eines Gerichtsschreibers im Hotel ein, hinter welchen sich die Salontür erneut schloß. Kurz darauf wurde Germain, der Oberkellner, hineingelassen. Er blieb nur wenige Minuten und verweigerte der Presse jegliche Auskunft. Die Diskussion zwischem dem Finanzier und seinem Bevollmächtigten wurde von ihm weder bestätigt noch bestritten.

Ohne unsere Informationsquelle preisgeben zu dürfen, können wir sagen, daß Miss Dora, eine junge Ungarin, die zu einer prominenten Budapester Anwaltsfamilie gehört (was uns veranlaßt, ihren Namen zu verschweigen), schon länger als ein Jahr im ›Hôtel Castiglione‹ wohnt und regelmäßige Beziehungen zu Frédéric Müller unterhielt.

Trotz der Diskretion des Personals in diesem verschwiegenen Haus glauben wir behaupten zu können, daß sie seine Geliebte war, und wir wissen unter anderem, daß er die Rechnungen ihrer Lieferanten beglich.

Was das Ergebnis der Gespräche anbelangt, können wir nur Vermutungen äußern. Am Mittag fuhren Kommissar Lucas und der Untersuchungsrichter in einem Taxi weg und verweigerten jede Auskunft.

Miss Dora hat im Laufschritt die Halle durchquert und ist, ohne den Aufzug zu benutzen, in ihre Suite zurückgekehrt, wo sie sich eingeschlossen hat. Müller ist nicht verhaftet worden, wurde aber offenbar gebeten, sich der Justiz weiter zur Verfügung zu halten. Als wir am frühen Nachmittag am Hotel vorbeigingen, fiel uns jedenfalls die diskrete Anwesenheit eines Inspektors der Kriminalpolizei auf.

»Was tust du denn hier?«

»Das sehen Sie doch, Herr Wachtmeister. Ich tue gar nichts. Und Sie?«

»Mach, daß du weiterkommst...«

La Souris zuckte mit der Miene des Unverstandenen die Schultern. Im achten oder im neunten Arrondissement hätte man niemals in einem solchen Ton mit ihm gesprochen. Und vor allem hätte man ihm dort nie eine derart dumme Frage gestellt.

Nun ja! Die Place Vendôme liegt eben im zweiten Arrondissement, und La Souris, eine Berühmtheit an der Oper und an der Place de l'Etoile, war außerhalb seines Reviers nichts als ein namenloser armer Schlucker.

War heute Samstag? Vermutlich ja, denn es war ein Tag der Autobusse. Innerhalb einer Stunde hatten schon drei vor der Vendôme-Säule angehalten, gerappelt voll mit Engländern, die eine Wochenendreise gebucht hatten, Stadtbesichtigung inbegriffen.

Die Sonne brannte erbarmungslos! Die Zeitungen brachten Bilder von den Seineufern, auf denen unter der Schlagzeile »Sommerhitze in Paris!« Leute in Badeanzügen zu sehen waren wie am Meeresstrand.

Von Lognon keine Spur! Auch tags zuvor nicht, obwohl La Souris absichtlich in der Oper genächtigt hatte. Und Inspektor Griesgram überhaupt nicht zu sehen war nicht minder beunruhigend, als ihn zu oft zu sehen.

Edgar Loem... Müller... Miss Dora... La Souris kannte den Zeitungsartikel auswendig. Dieser war der beste von allen – denn er hatte auch die in den anderen Blättern gelesen und sie miteinander verglichen.

Vor allem hätte er gerne Müller mit seinem gescheitelten Haar gesehen, aber Müller ging nicht aus, und außer dem Inspektor der Kriminalpolizei waren auch noch zwei Fotografen da, die immer wieder die Rue Castiglione auf und ab gingen und so taten, als interessierten sie sich bald für die Pelze, bald für die Bilder des Kunsthändlers an der Ecke.

Immerhin brachte einer der Busse La Souris drei Francs ein, die Penny-Stücke nicht mitgerechnet. Für eine Weile mußte er sich verdrücken, denn der Schutzmann, der sein Tun aus der Ferne beobachtet hatte, überquerte mit großen Schritten die Straße.

Wäre er doch an der Stelle all der anderen!

An der Stelle Lognons, der in die Englische Botschaft hatte gehen und den berühmten Archibald aus der Nähe sehen können! An der Stelle von Kommissar Lucas, der Müller und Miss Dora vernommen und gewiß in den Papieren des Finanziers gekramt hatte!

Und sogar an der Stelle der Journalisten, die ins ›Hôtel Castiglione‹ gehen und das Personal ausfragen konnten ...

Er selbst konnte zur Deckung seiner Nebenkosten nicht einmal ein bißchen Geld aus der Brieftasche holen, die zur Zeit, eingeklemmt zwischen Sitz und Rückenlehne einer Autobusbank, in Richtung Rennplatz von Auteuil spazierenfuhr.

Er konnte nicht, ohne ein großes Risiko einzugehen, das Kuvert holen, das in dieser Brieftasche war und das er sich zu Unrecht nicht genauer angesehen hatte!

... Sir Archibald Landsburry ...

Was hatte der nur mit dieser Geschichte zu tun? Und warum *Sir* statt *Lord?* Und warum hatte sich die Leiche ausgerechnet so nahe bei der Englischen Botschaft befunden?

Als er seinen Schutzmann zum viertenmal mit langen Schritten auf sich zusteuern sah, zog er es vor, endgültig das Weite zu suchen. Er hatte es satt, nicht eine Minute in Ruhe gelassen zu werden. Er hatte gute Lust, die ganze Sache auf sich beruhen zu lassen, zumal er die hundertfünfzigtausend Francs (falls es nicht zu einem Kursverfall des Dollars kam) in einem Jahr ohnehin kassieren und sich sein Pfarrhaus würde leisten können!

Aber statt zu einem der schattigen Seinequais zu gehen und ein bißchen frische Luft zu schnappen, überquerte er den Pont des Arts und eine Viertelstunde später den Boulevard Saint-Germain.

Er zog immer noch den linken Fuß nach. Er ging nicht schnell, aber er kam gut voran, denn er blieb kein einziges Mal stehen.

Als er am Löwen von Belfort anlangte, dachte er immer noch an das gleiche: an die drei Luna-Park-Karten und an ein Wort, das er vormittags aufgeschnappt hatte, als er neben Lucile Boisvin auf der Bank im Park Montsouris saß.

Der Junge war ein Stück weggelaufen und hinter einem Blumenbeet verschwunden. Ohne die Arbeit an ihrem grünen Strickzeug zu unterbrechen und sogar ohne sich umzusehen, hatte sie gewohnheitsmäßig wie eine Glucke, die ihre Kinderschar um sich sammelt, mit ruhiger Stimme gerufen:

»Edgar!«

Er hatte nicht darauf geachtet. Erst seitdem er die Zeitung gelesen hatte und wußte, daß Loem auch Edgar hieß ... Lognon mußte ebenfalls wissen, daß der Kleine Edgar hieß. Lognon las Zeitung ...

Man sollte den Dreh finden! Aber den richtigen!

War es nicht ein Pech, daß trotz all der Vorsichtsmaßnahmen, die er getroffen hatte ...

Der Alte folgte der Avenue de Parc-Montsouris, auf der schattigen Seite. Er hatte Lust, etwas zu trinken, wagte es aber nicht, aus Angst, auf Lognon zu stoßen und den kürzeren zu ziehen.

Ganz abgesehen davon, daß er, falls ihm nicht bald etwas einfiel, auch ohne Lognon ...

Die Nachmittagszeitungen würden noch kein Foto von Loem bringen, soviel stand fest. Morgen aber wohl! Wenn jemand verschwand, noch dazu unter so geheimnisvollen Umständen, dann wurde immer sein Foto veröffentlicht, besonders wenn es sich um Finanziers handelte ...

Lucile Boisvin würde ihren Handelsreisenden Leroy erkennen, der kein anderer als Loem, dieser Filou, war!

Und dann ...

Dann, wahrhaftig, war La Souris geliefert, trotz seiner ganzen Schlauheit! Das war es, woran er dachte. Und deshalb versagte er sich sogar den kleinsten Pernod, das kleinste Glas Rotwein!

Noch vor acht Tagen wäre es ihm egal gewesen. Aber jetzt, da er gewissermaßen Eigentümer eines leerstehenden Pfarrhauses in seinem Heimatdorf Bischwiller-sur-Moder war, wo ihn einen Haufen Leute wiedererkennen würden und wo er auf dem Weg war, eine Berühmtheit zu werden ...

4

Die kleinen Rechnungen des großen Finanziers

Es war am Sonntag, dem 27. Juni, um fünf Uhr nachmittags, als Kommissar Lucas plötzlich mit einer Heftigkeit, die seine Wut verriet, die Tür der Hotelsuite aufriß. Mit einem Blick umfaßte er den Teil der Halle, in dem die Journalisten saßen, und tat, während das Gelächter erstarb, den berühmten Ausspruch:

»Sie scheinen zu vergessen, meine Herren, daß es in dieser Angelegenheit vermutlich einen Toten gibt! . . .«

Während er sprach, war sein Blick an La Souris hängengeblieben, der sich inmitten der Gruppe gebrüstet hatte und nun einen Augenblick lang aussah, als sänke er in sich zusammen, als wolle er kleiner und kleiner werden und sich in der anonymen Menge auflösen.

Die Hand immer noch am Knauf der Tür, hinter der Edgar Loems Salon zu sehen war, machte der Kommissar zunächst Miene, wieder hineinzugehen, winkte dann jedoch mit einer Kopfbewegung den Inspektor herbei, den er in der Halle gelassen hatte.

Er flüsterte ihm ein paar Worte zu und deutete dabei auf den alten Clochard. An seinen Lippenbewegungen konnte man ablesen:

»Was will denn der da?«

Und der Inspektor erwiderte:

»Das ist irgendein komischer Kauz, der behauptet, er habe Ihnen etwas mitzuteilen ...«

La Souris ließ sich keine Geste, keinen Gesichtsausdruck der beiden Männer entgehen.

»Na schön. Ich werde gleich mit ihm sprechen«, sagte Lucas, kehrte endlich in den Salon zurück und schloß die Tür hinter sich.

Wie Schüler, wenn der Lehrer hinausgegangen ist, umringten die Journalisten sogleich wieder La Souris, aus dem sozusagen auf Knopfdruck wieder der wunderliche Spaßvogel wurde, der sie eine halbe Stunde lang so belustigt hatte, daß es dem Kommissar zu bunt geworden war.

»Los, erzähle die Geschichte von Inspektor Griesgram weiter...«

Zum großen Leidwesen des Direktors des ›Castiglione‹ stiegen die Fotografen auf die Sessel, um Aufnahmen von dem Alten zu machen.

Am Morgen dieses Sonntags war nur passiert, was La Souris schon vorausgesehen hatte. Während die meisten Pariser ins Grüne hinausfuhren und die Straßen ihr sonntäglich-ruhiges Aussehen annahmen, fand Lucile Boisvin wie immer die Zeitung auf der Milchflasche, die vor ihrer Tür stand. Um diese Stunde war die Wohnung so sonnendurchflutet, daß man eher den Eindruck hatte, in einem sonnigen Nebel zu sein, der die Konturen der Gegenstände verwischte.

Der Junge trank seine Schokolade, die Serviette um den Hals geknotet, die Beine in der Luft baumelnd.

Die Zeitung hätte auch wie jeden Tag bis zum Mittag

auf irgendeinem Tisch herumliegen können. Wenn Lucile Boisvin sie auseinanderfaltete, so war das reiner Zufall, und sie unterdrückte einen Schrei, drehte sich zu dem Kind um, das nichts bemerkt hatte, und lief ins Schlafzimmer, um sich das Foto, das auf der ersten Seite prangte, genauer zu betrachten.

Edgar Loem, der Finanzier, der auf geheimnisvolle Weise verschwunden ist.

Man hatte nur ein zehn Jahre altes Porträt gefunden, das man der Presse zur Verfügung gestellt hatte, auf dem Loem noch einen langen blonden Schnurrbart trug, mit dem er aussah, als käme er aus der Weltausstellung.

Lucile Boisvin erkannte ihren Freund Leroy trotzdem. Zehn Minuten später war sie angekleidet, dann zog sie den Jungen an, brachte ihn zur Concierge und bat diese, bis zu ihrer Rückkehr auf ihn aufzupassen.

Zum ersten Mal seit Jahren war die Wohnung um zehn Uhr noch unaufgeräumt, und der Wind blähte die Vorhänge wie Ballons auf, denn die Fenster waren offen geblieben.

Kommissar Lucas war zu Hause in seiner Wohnung, als der diensthabende Inspektor vom Quai des Orfèvre ihm telefonisch die Neuigkeit durchgab. Um halb elf war er in seinem Büro und traf im Flur der Kriminalpolizei ein halbes Dutzend Journalisten an.

Mittags brachte eine Zeitung das Bild der jungen Frau und meldete:

Mademoiselle Lucile Boisvin erkennt eindeutig die Fotografie des schweizerischen Finanziers, der ihr Liebhaber war, sich vor ihr jedoch als Schweizer Handelsreisender ausgab.

Heute nachmittag wird Kommissar Lucas die junge Frau ins ›Hôtel Castiglione‹ führen, um zu sehen, ob sie Kleidungsstücke des Verschollenen wiedererkennt.

Müller, der sein Appartement nicht verlassen hat, empfing gestern abend einen der berühmtesten Pariser Anwälte, der aber jede Aussage verweigerte.

Miss Dora, die Heldin der Szene des gestrigen Vormittags, läßt allfälligen Besuchern mitteilen, sie befinde sich nicht wohl.

La Souris hatte auf der Wache in der Oper geschlafen, in die Lognon keinen Fuß gesetzt hatte. La Souris hatte nicht gezögert, den Wachtmeister nach dem Inspektor zu fragen, und man hatte ihm die Wahrheit nicht verborgen.

»Der hat gestern seinen Jahresurlaub genommen... Sicher wird er morgen oder übermorgen nach Cantal abreisen, wo er jedes Jahr hinfährt...«

Den Vormittag hatte La Souris damit verbracht, die Kirchen abzuklappern: die Madeleine und Saint-Philippe-du-Roule.

Er hatte den unbestimmten Plan, nachmittags zu den Rennen zu fahren, *seinen* Bus zu nehmen und sich – ohne sie jedoch anrühren zu wollen – zu vergewissern, daß die Brieftasche noch an ihrem Platz hinter der Sitzbank war. Aber er hatte an einem Kiosk die Mittagszeitung gelesen und es sich anders überlegt.

Er hätte nicht sagen können, was er bis drei Uhr nachmittags getan hatte. Er war durch die heißen, menschenleeren Straßen gegangen und hatte nachgedacht, oder besser gesagt, vergeblich auf eine Eingebung gewartet.

Er, der nie irgend etwas besessen hatte, merkte plötzlich, daß er ein Geizkragen war. Er und kein anderer war der rechtmäßige Eigentümer des Schatzes, den er auf dem Fundbüro abgegeben hatte! Er gehörte ihm, war sein Hab und Gut, und der Gedanke, daß es bedroht war, brachte den guten Mann dermaßen aus der Fassung, daß er Selbstgespräche führte, während er die Trottoirs entlangschlurfte.

Er gab sogar so verblüffende Sätze von sich wie:

»Gäbe es doch mehr Gerechtigkeit ...«

Die ganze Zeit beobachtete er die Schutzmänner, um herauszufinden, ob sie noch keine ihn betreffenden Weisungen erhalten hatten.

Denn Lucile Boisvin würde es nicht versäumen, dem Kommissar von seinem und Lognons Besuch zu erzählen.

Er lachte höhnisch bei dem Gedanken, daß Lognon, falls er nicht schon abgereist war, nicht so bald in Urlaub fahren würde. Beinahe wäre er zur Place Constantin-Pecqueur hinaufgegangen, aber es war zu weit, und um drei Uhr war er an der Place Vendôme, strich etwa eine Viertelstunde um das Hotel herum und stieß dann die Drehtür auf.

Als erstes geriet er mit dem Portier aneinander, der ihn wieder hinausbefördern wollte.

»Ich will den Kommissar sprechen«, erklärte er. »Ich habe ihm etwas Wichtiges zu sagen ...«

Dasselbe sagte er auch zu dem Inspektor, der hinzutrat, um zu sehen, was vorging, und ihn in den ersten Stock hinauf ließ, wo die Journalisten in der Halle warteten.

La Souris hatte eine Heidenangst. Das war auch der Grund, weshalb er wieder einmal seine Nummer abzog, inmitten einer Zuhörerschaft, die ihm um so wohlgesonnener war, als sein Geplauder Stoff für einen lustigen Artikel lieferte.

»Sie müssen wissen, ich wohne abwechselnd in der Oper und im Grand-Palais ...«

Schallendes Gelächter!

»Im Untergeschoß natürlich, im Kittchen, meine ich ... Schon seit Jahren habe ich einen Kumpel, der sozusagen mein bester Feind ist, nämlich Inspektor Lognon, dem ich den Spitznamen Inspektor Griesgram gegeben habe ... Am Mittwoch ... nein, am Donnerstag habe ich in einer Bar in der Rue Washington – denn ich frequentiere nur die besseren Viertel! – das Foto einer Frau gefunden und habe mich in sie verliebt ...«

Er kam in Fahrt, gestikulierte, der Schweiß rann ihm über die Stirn, und zugleich spähte er zur Tür, hinter der sich Kommissar Lucas und Lucile Boisvin befanden.

Gerade als das allgemeine Gelächter am lautesten schallte, war diese Tür aufgerissen worden und der Satz ertönt: »Sie scheinen zu vergessen, meine Herren, daß es in dieser Angelegenheit *vermutlich* einen Toten gibt ...«

Die Bleistifte traten in Aktion. Der Satz wurde Wort für Wort aufgeschrieben, und alle Journalisten unterstrichen das Wort *vermutlich*, das genügt hatte, La Souris' Lächeln erstarren zu lassen.

Was ging hier vor? Der Alte zitterte, versuchte sich zu beruhigen, indem er sich sagte, daß der Mann mausetot gewesen war, daß er sich nicht dermaßen hatte täuschen können.

Seine Phantasie arbeitete. Er fragte sich, was wäre, wenn nachher, wenn man ihn in den Salon führen würde, der Mann aus dem Auto quicklebendig vor ihm stehen, ihn mustern, wiedererkennen und sagen würde:

»Das ist er...«

»Weiter, Père La Souris«, drängten die Reporter. »Aber sprechen Sie leiser.«

Er hatte den Faden seiner Geschichte verloren, strich sich mit der Hand über die Stirn.

»Wo war ich stehengeblieben?«

»Bei Inspektor Griesgram...«

Er gab sich einen Ruck und legte wieder los, doch er war immer weniger bei der Sache und konnte nur mit größter Mühe den Blick von dieser Tür lösen.

»Haben Sie sich nie gefragt, warum Ihr Freund jeden Monat nur zwei oder drei Tage mit Ihnen verbrachte?«

»Er hat mir gesagt, er sei in der Provinz unterwegs...«

»Und diese Erklärung genügte Ihnen?«

Kommissar Lucas stellte seine Fragen in wohlwollendem Ton und gab sich den Anschein, als frage er ganz beiläufig. Er saß im grauen Salon an einem großen Empire-Tisch und überblickte von seinem Platz aus die Place Vendôme und die Rue de la Paix.

Lucile Boisvin hatte sich auf seine Aufforderung hin auf den Rand eines Sessels gesetzt. In dieser Umgebung sah sie viel gewöhnlicher aus als in ihrer Wohnung in der Avenue du Parc-Montsouris. Ihr marineblaues Kleid wirkte schäbig. Unwillkürlich nahm sie die unterwürfige Haltung einer Bittstellerin ein.

»Ich habe Sie gefragt, ob Ihnen diese Begründung genügte, ob Sie nie irgendeinen Verdacht hatten.«

»Nein!« sagte sie und schüttelte den Kopf. »Ich dachte einfach, er sei irgendwo verheiratet. Einmal hatte er mir gesagt, die Protestanten trügen keinen Ehering ... Trotzdem hätte ich merken müssen, daß er nicht der war, für den er sich ausgab ...«

»Weshalb?«

»Ich weiß auch nicht ... Wissen Sie, mir war aufgefallen, daß er mit mir und dem Kleinen immer nur an volkstümliche Orte gehen wollte ... Im übrigen glaube ich, daß ihm das einfach gefiel ... Er suchte immer die kleinen Kinos aus ... Wir gingen auch oft in den Luna-Park, in den botanischen Garten und zu fast allen Ausstellungen an der Porte de Versailles ...«

»Und das kam Ihnen sonderbar vor?«

»Das nicht, nein! Ich weiß auch nicht, wie ich es erklären soll. Ich achtete gar nicht darauf, aber seit heute morgen fallen mir immer wieder Kleinigkeiten ein. Wie soll ich es ausdrücken? Er fand an solchen Dingen ein Vergnügen, das nicht natürlich war. Verstehen Sie? Er zog zum Beispiel sein Jackett aus, wenn er nach Hause kam, schlüpfte in die Pantoffeln und verrichtete in Hemdsärmeln kleine Arbeiten, schlug einen Nagel ein oder zerlegte das Grammophon oder setzte einen neuen

Dichtungsring in den Wasserhahn ein ... Auf seinen Wunsch aßen wir in der Küche, das fand er gemütlicher ...«

Von Zeit zu Zeit füllten sich ihre Augen mit Tränen, und Lucas wartete schweigend ab. Sie schniefte, tupfte sich die Augen ab und fuhr fort:

»Er war der beste Mensch auf der Welt ... Wenn er diese Dinge tat, dann nur, um mich nicht zu demütigen, um sich auf eine Stufe mit mir zu stellen ... Ich redete mit ihm oft über Geld ... Ich wollte nicht, daß er zuviel ausgab ... Zum Beispiel sagte ich immer zu ihm, daß man in der zweiten Klasse der Métro genauso schnell ans Ziel kommt wie in der ersten ... Dann sah er mich gerührt an. Das hätte mir zu denken geben müssen!«

»Wieviel gab er Ihnen monatlich?«

»Keinen festen Betrag. Ich hatte in jedem Laden ein kleines Heft. Wenn er kam, nahm er alle Hefte. Ich sehe ihn noch vor mir im Eßzimmer, in Hemdsärmeln, wie er mit Rechnen beschäftigt war und in jedes Heft den nötigen Betrag legte ... Ich kostete ihn keine zweitausend Francs pro Monat, mit der Miete ... Meine Kleider und Hüte nähe ich selbst. Bis letztes Jahr habe ich auch den Kleinen selbst eingekleidet ... Wenn ich daran denke, daß ich ihn so gedrängt habe, ihm ein Sparbuch einzurichten ...«

»Hat er es getan?«

»Ja ... Einmal glaubte ich fast, er würde ärgerlich werden ... Er zahlte jeden Monat hundert Francs auf das Sparbuch ein ... Wenn ich mit den Kleinausgaben ein bißchen schummelte, schaffte ich es, von Zeit zu

Zeit heimlich auch etwas zurückzulegen. Eines Morgens hat er nachgerechnet... Ich glaubte schon, er würde wütend werden... Aber er lächelte!«

Sie weinte nicht. Aber die Tränen standen ihr in den Augen, und ihre Wangen brannten.

»Verzeihen Sie meine Frage, aber was war es, was ihn mit Ihnen verband, war es Leidenschaft?«

Sie begriff sofort, worauf er hinaus wollte. Ihr Lächeln sprach Bände.

»Glauben Sie nur das nicht! Er war der am wenigsten lasterhafte Mensch der Welt...«

Nun war es am Kommissar, zu lächeln, denn dieses Wort verriet sofort die Vergangenheit der jungen Frau.

»Sie wissen ja, was ich war, als er mich kennenlernte. Das war beim Gare Saint-Lazaire, eines Abends gegen zehn Uhr. Ich saß auf der Terrasse einer Brasserie, und er trank am Nebentisch ein Bier. Ich sprach ihn an. Ich fragte ihn, ob er mir ein Abendessen spendiere... Sie können es glauben oder nicht, er rührte mich drei Wochen lang nicht an. Er wollte mich zuerst aus dem Hotel herausholen, und damals richtete er mir die Wohnung ein...«

»Kamen nie Briefe für ihn?«

Sie schüttelte den Kopf.

»Auch keine Besuche? Erzählte er Ihnen nie von seinen Freunden oder von seiner Familie?«

»Nur von seinem Vater, der vor zwei Jahren gestorben ist und der, wie er mir sagte, ein sehr strenggläubiger Protestant war... Ich glaube, er hatte Angst vor ihm...«

»Vorhin sagten Sie mir, daß Sie ihn am Mittwoch

nachmittag um fünf Uhr zuletzt gesehen hätten und daß er Donnerstag im Lauf des Tages wiederkommen wollte.«

»Ja, das hatte er mir versprochen! Wir waren mit dem Kleinen im Luna-Park gewesen. Er hat uns am Métro-Eingang Porte Maillot verlassen ...«

»Ohne zu sagen, wo er hinfuhr?«

»Das sagte er nie.«

»Und Sie fragten ihn auch nie danach?«

Sie schüttelte den Kopf.

»Man sieht, daß Sie ihn nicht kannten! Er war kein Mensch, dem man Fragen stellt. Im übrigen hätte er so getan, als ob er nicht gehört hätte.«

»Womit verbrachte er die Abende, wenn er bei Ihnen war?«

»Das habe ich Ihnen schon gesagt. Er bastelte in der Wohnung herum oder half meinem Sohn, die Briefmarken einzuordnen, die er ihm mitbrachte.«

Der Kommissar stand auf. Mehr würde er nicht aus ihr herauskriegen, das spürte er. Vorhin, als Lucile Boisvin gekommen war, hatte man verschiedene Anzüge aus Loems Ankleideraum geholt, die dort noch über den Stühlen hingen. Zwei davon hatte sie erkannt, zwei sehr nüchterne graue Anzüge, von denen Leroy einen am Mittwoch, dem 23., im Luna-Park getragen hatte.

»Glauben Sie wirklich, daß er tot ist?« fragte sie jetzt. »Nachdem zweimal jemand zu mir gekommen war, um mir mein Foto zurückzugeben, bekam ich so eine Vorahnung ...«

Sie hatte bereits über die beiden Besuche berichtet, die sie Donnerstag und Freitag erhalten hatte, zuerst den

Besuch des Braunen, wie sie Lognon nannte, und dann den des Alten.

»Dabei schwöre ich Ihnen, es gab nur ein Exemplar von diesem Bild. Und auch das hätte ich am liebsten zerrissen, denn es stammte aus der besagten Zeit und rief schlimme Erinnerungen in mir wach ...«

»Ich werde Sie später noch einmal einen Augenblick herein bitten!« sagte Lucas und ging zur Tür. Auf das Geräusch hin sprangen die Journalisten alle gleichzeitig auf.

»Der Inspektor ist schuld ...«

»Inspektor Griesgram, ja, ich weiß!«

Es war für La Souris eine seiner schlimmsten Viertelstunden. Als erstes hatte er sich mit der gewohnten Vertraulichkeit in einen der grünseidenen Empire-Sessel setzen wollen.

»Du bleibst stehen!« hatte Lucas nur zu ihm gesagt.

Dann hatte La Souris, immer noch Komödie spielend, nach einem Papiermesser auf dem Tisch gegriffen, aber der Kommissar hatte es ihm aus der Hand genommen.

»Also, am Donnerstag um drei Uhr ... Bist du sicher, daß es drei war?«

»Wenn ich's Ihnen doch sage ... Oder kurz vor drei ... In der kleinen Bar in der Rue Washington ... Die kennen Sie bestimmt ... Dort, wo die livrierten Fahrer ihr Gläschen trinken ...«

Er konnte noch so schwitzen und gestikulieren, sein ganzes Repertoire an Scherzen auspacken und die komischsten Gesichter schneiden, immer wieder wurde er auf Fakten, Daten, Fragen nach Zeit und Ort festgenagelt.

Mittwoch soundsoviel Uhr: das Kuvert...

Donnerstag: das Foto...

Donnerstag abend...

Und so ging es weiter. Sie wurden nur durch einen Anruf unterbrochen, und der Kommissar ging ins Nebenzimmer, um das Gespräch entgegenzunehmen, und sagte in den Apparat:

»Er soll sofort ins ›Castiglione‹ kommen. Ich erwarte ihn, ja!«

Der Alte fing wieder an:

»Verstehen Sie, wenn ich in die Avenue du Parc-Montsouris gegangen bin, dann nur, weil ich neugierig war. Warum hatte der Inspektor mir in der Nacht das Foto stibitzt? Ich mußte es doch zurückgeben, das Foto! Alles übrige interessiert mich nicht...«

Lucas, der an einem der Fenster stand, ließ ihn noch fast eine Viertelstunde weiterreden, dann drehte er sich endlich um, tat erstaunt, daß La Souris immer noch da war, und sagte:

»Du kannst verschwinden.«

»Wollen Sie mich nicht fragen, wo Sie mich finden können, falls Sie mich noch einmal brauchen? Sie wissen doch, in unseren Kreisen kommt es immer mal vor, daß man irgendwas erfährt...«

Aber die Tür war schon offen. Vor der Tür wartete ein finster aussehender Lognon.

Der Kommissar ließ den beiden kaum Zeit, sich anzusehen, und hieß den Inspektor eintreten, während La Souris erneut für die Fotografen posierte.

»Er hat mich bedrängt, ob ich nicht zufällig etwas gehört hätte... Wissen Sie, in unseren Kreisen ist das so ähnlich wie bei Ihnen, meine Herren ... Na, haben Sie ihn sich angesehen, den Inspektor Griesgram?«

Als Lognon eine halbe Stunde später herauskam, war wie erwartet von La Souris keine Spur zu sehen, und er zweifelte keinen Augenblick daran, daß der Alte es mit seinen Hanswurstereien geschafft hatte, sich in die Hotelküche einzuschleichen, wo das Personal über seine Erzählungen Tränen lachte.

Lognon fuhr mit der Métro nach Hause. Das ganze Eßzimmer war voller Koffer. Seine Frau stand am Fenster, den Hut auf dem Kopf, und sein Sohn, im Sonntagsstaat, wußte nichts mit sich anzufangen.

»Wir werden noch den Zug versäumen«, sagte sie. »Wie ist es gegangen?«

»Wir fahren nicht.«

Madame Lognon ließ unwillig die Arme sinken. Da hatte man vierundzwanzig Stunden lang alles vorbereitet, alles eingekauft, die Koffer für die Ferien in Cantal gepackt, und dann erfuhr man in letzter Minute ...

»Oder du fährst eben allein mit dem Kleinen. Ich habe in Paris zu tun ...«

»Immer noch wegen dem Alten?«

»Seinetwegen und anderer wegen ... Ich darf dir nichts sagen ...«

Denn Lognon achtete das Berufsgeheimnis und verletzte es auch in den trauten vier Wänden nicht.

»Ist es wenigstens nichts Gefährliches?«

»Fährst du oder bleibst du?«

»Was meinst du?«

»Tu, was du willst. Ich nehme in acht Stunden meinen Dienst wieder auf...«

Sie zog sich aus, zog den Jungen aus, und das Ganze endete, während sie die Koffer wieder auspackte, mit einem Weinkrampf.

»Ich wette, du hast dich wieder selbst vorgedrängt und dich erboten, hier zu bleiben... Deine Frau zählt ja nicht! Wage nur, das Gegenteil zu behaupten!«

In einem Polstersessel versunken, mit nacktem Körper unter dem leichten Negligé, das Kinn in die Hand gestützt, antwortete Dora kategorisch, mit unnachgiebigem Blick:

»Nein!«

Kommissar Lucas hatte bitten müssen, in ihrer Suite empfangen zu werden, denn sie hatte ihm mitteilen lassen, sie sei krank und wolle nicht hinunterkommen.

Die Zimmer waren unaufgeräumt. Im Bett, das man durch die offene Tür sehen konnte, sah man noch die Kuhle, die ihr Körper hinterlassen hatte, überall lagen Stummel von Rosenblätterzigaretten, Tabletts mit halbvollen Gläsern und ein Servierwagen mit den Resten eines kalten Mittagsmahls standen herum und schließlich, auf einem kleinen Tisch, ein Röhrchen Aspirin.

»Haben Sie mit Sicherheit niemals intime Beziehungen zu Edgar Loem gehabt?«

Ungeduldig zuckte sie die Schultern.

»Entschuldigen Sie, wenn ich insistiere. Monsieur Müller hat nämlich das Gegenteil angedeutet und spricht insbesondere von einer Reise in Ihre Heimat, nach Budapest, die Sie vor kurzem in Loems Begleitung gemacht haben. Müller war nicht dabei ...«

»Das war eine Geschäftsreise.«

»Können Sie mir sagen, welcher Art die Geschäfte waren?«

»Bin ich dazu verpflichtet?«

»Nein. Aber was sie uns nicht sagen, werden wir durch die Ermittlungen erfahren ...«

»Ich bin nach Budapest gefahren, um Loem meinem Vater vorzustellen.«

»Zu welchem Zweck?«

»Es ging um den Abschluß eines großartigen Grundstücksgeschäfts, über das ich selbst nichts weiß ... Loem befaßte sich mit den verschiedensten Unternehmungen, Fluggesellschaften, Schwerindustrie, und er hatte sogar das Parfummonopol in ich weiß nicht welchem südamerikanischen Land gekauft ... Genügt Ihnen das?«

»Führte die Begegnung zwischen Loem und Ihrem Vater zu irgendwelchen Ergebnissen?«

Wieder sagte sie zornig:

»Nein!«

»Warum nicht?«

»Weil gar keine Begegnung stattgefunden hat!«

»Aber Loem ist doch nach Budapest gefahren?«

»Ja.«

»Und er hat Ihren Vater nicht getroffen?«

»Er hat ihn nicht getroffen, weil er es sich anders überlegt hatte. Sind Sie nun zufrieden?«

»Noch eine Frage: seit wann sind Sie Müllers Mätresse?«

Sie erhob sich höchst würdevoll, schenkte sich, dem

Kommissar den Rücken zukehrend, etwas zu trinken ein und sagte in schneidendem Ton:

»Ich war seine Verlobte ...«

Ihr Verhalten brachte den Kommissar so auf, daß er sich nicht verkneifen konnte zu murmeln:

»Vielleicht sind die beiden Worte im Ungarischen gleichbedeutend? Lassen wir das! Und seit wann?«

»Seit einem Jahr.«

»Sie lebten sehr eng mit beiden Männern zusammen ...«

»Was wollen Sie damit sagen? Daß ich mit beiden ins Bett ging?«

»Ich will damit sagen, daß Sie Zugang zu den Räumen der beiden hatten, daß sie vor Ihnen über ihre Geschäfte sprachen ...«

»Nein!«

»Sie versteckten sich dazu vor Ihnen?«

»Loem sprach vor niemandem über seine Geschäfte.«

»Warum haben Sie dann gestern Müller beschuldigt, seinen Chef getötet zu haben?«

»Darum!«

»Warum?«

»Weil er dazu imstande war.«

»Nur deshalb?«

»Weil er nicht mehr anders konnte. Und jetzt möchte ich Sie darauf hinweisen, daß ich nichts mehr sagen werde. Aus! Ich bin müde. Ich bin krank. Wenn Sie weiterfragen, rufe ich meinen Gesandten an und beschwere mich bei ihm ...«

Sie war jetzt genauso erregt wie am Abend zuvor bei der Szene in der Halle.

»Ich dachte immer, die Franzosen stünden im Ruf, galant zu sein ...«

»Ich bitte um Verzeihung«, murmelte Lucas ohne Überzeugung. »Wenn Sie sich entschlossen haben zu reden, fragen Sie bei der Kriminalpolizei nach mir, sofern Sie sich nicht lieber gleich an den Untersuchungsrichter wenden ...«

»Ich habe nichts weiter zu sagen ... Da Sie Müller nicht verhaften ...«

Er verbeugte sich und ging hinaus. Die Hand am Türknauf, wartete er noch einen Augenblick auf einen Gesinnungswandel, der aber nicht eintrat.

»Guten Abend, Miss Dora.«

Und sie, wutentbrannt:

»Zum Teufel mit Ihnen!«

Was nur dank ihres Akzents hübsch klang.

»Du wirst schon sehen, morgen früh! Ich wette, sie bringen es auf der ersten Seite ...!«

La Souris hatte in der Polizeiwache in der Oper um Asyl gebeten und hatte einen Starauftritt geliefert, denn er wußte, daß die ganze Mannschaft über seine Taten im Bilde war. Nur hatte er in einer Ecke die finstere Miene Lognons erblickt und hatte seine Nummer gekürzt.

Im Vorbeigehen hatte er ihm jedoch ein »Gute Nacht, Herr Griesgram!« hingeworfen.

Seit einer Stunde lag er jetzt schon da und konnte nicht einschlafen, trotz der zwei Liter, die er zum Abschluß des Tages in sich hineingeschüttet hatte. Gegenüber, auf der anderen Seite des Gitters, erspähte er die von hellen Seidenstrümpfen umhüllten Beine einer Prostituierten, die mit zur Seite gekipptem Kopf im Sitzen schlief, den Rücken an die Wand gelehnt.

Zum Glück brachte man ihm noch einen Kumpel herein, einen Polen, dem er schon einmal begegnet war und der als erstes spie, was das Zeug hielt.

»Erkennst du mich nicht? Nein? Du bist eben nicht von hier, mein Alter... La Souris! Monsieur La Souris, wie die Journalisten sagen... Du wirst schon sehen, morgen... Mein Bild auf der ersten Seite in sämtlichen Boulevardblättern...«

Der Pole war wirklich übel dran und betrachtete ihn mit dumpfem Blick. Vielleicht verstand er obendrein nicht gut Französisch.

Der Kommissar, das ist ein Fuchs, der mich auf den ersten Schlag in der Hand zu haben glaubte. »Pardon«, habe ich zu ihm gesagt, »ich duze Sie doch auch nicht...«

Gewöhnlich glaubte er am Ende selber, was er so vor sich hinbrabbelte. Kommissar Lucas aber war ein zu harter Brocken. Und schließlich legte La Souris sich wieder schlafen und murrte dabei:

»Du bist wirklich zu dumm! Bei dir ist alle Mühe umsonst...«

Man hatte ihm Lognon in den Weg gestellt, um ihm sein Pfarrhaus wegzunehmen. Aber die wußten noch nicht, wessen er fähig war. Er wußte es zwar selbst nicht, aber er würde schon etwas finden, und zwar noch heute nacht. Sonst hieß es für immer und ewig Clochard bleiben!

»Nimm deinen Kopf da weg, du Lusche, ich will meine Beine ausstrecken!«

Und in dem Augenblick, da er schneller als gedacht in Schlaf fiel, kam ihm ein Wort wieder in den Sinn, wie eine Luftblase, die an die Oberfläche steigt:

Archibald ...

Was hatte nur dieser Archibald mit der ganzen Geschichte zu tun?

5

Martin Oosting aus Basel

Montag, 28. Juni. – In den Schulen hatte man hitzefrei geben müssen. Mitten in Paris sah man Männer mit offenem Hemdkragen herumlaufen, das Jackett über dem Arm. Die Caféterrassen dehnten sich in die Länge und Breite, und es lag jene sonderbare Erregung in der Luft, wie sie außergewöhnlichen Tagen eigen ist.

Lognon hätte um nichts in der Welt seinen Kragen abgenommen, obwohl es ein steifer Kragen war, zu dem er passende Ärmelschoner anhatte. Er trug wie immer seinen braunen Anzug und seinen braunen Hut und war mit zwei Taschentüchern ausgerüstet, um sich den Schweiß abzuwischen.

Paris neigte an diesem Tag dazu, nichts ernst zu nehmen, und man hatte lange einer Frau nachgeblickt, die im Strandanzug promenierte und die sich die Pressefotografen nicht hatten entgehen lassen. In den Büros arbeitete man im Bummeltempo, und die Schutzmänner auf den Straßen ließen bei der Durchführung der Vorschriften die den Umständen entsprechende Nachsicht walten.

Lognon dagegen wich um keine Haaresbreite von seinem Ernst, und La Souris hatte zwei gute Stunden lang vergeblich versucht, ihn aufzuheitern.

Ob Kommissar Lucas es wörtlich meinte, als er dem Inspektor gesagt hatte:

»Vielleicht ist da irgend etwas dran ... Bleiben Sie dem Kerl auf den Fersen ...«

Tatsache war, daß Lognon sich ihm im wahrsten Sinne des Wortes an die Fersen geheftet hatte. Die Nacht hatte er auf der Wache in der Oper verbracht. Seit dem frühen Morgen war er dem Alten in weniger als drei Metern Abstand gefolgt und hatte sich nicht vom Fleck gerührt, wenn La Souris stehengeblieben war.

»Sagen Sie mal, Herr Inspektor ... Glauben Sie nicht, daß es komisch aussieht, wenn wir so ohne ein Wort hintereinander herlaufen? Wenn Sie wollen, können wir zusammen gehen ... Abgesehen davon, daß es viel lustiger wäre ...«

Lognon hatte sich damit begnügt, den Kopf zur Seite zu drehen und mitten auf dem Trottoir stehenzubleiben, als sei er gar nicht gemeint.

»Na schön! Wie Sie wünschen! Ich meinte es nur gut, mit Ihnen wie mit mir ... Aber früher ließen die hohen Herren auf der Straße ja auch einen Lakaien hinter sich herlaufen.«

La Souris war wütend! Er wußte nicht, wohin er gehen, was er tun sollte, und er versuchte, den Inspektor durch die verrücktesten Manöver zu entmutigen, rannte unvermittelt los, rührte sich dann eine Viertelstunde lang nicht vom Fleck, trottete im Schneckentempo weiter, um plötzlich in einen Laden einzutreten.

Lognon war ihm stets gefolgt, mit um so finsterer Miene, als er gerade seine letzte Zigarette geraucht hatte und die Beschattung nicht zu unterbrechen wagte, um in einen Tabaksladen zu gehen.

Schon um zehn Uhr morgens begegnete man auf den

Boulevards Männern, die sich ein Taschentuch unter den Hut geschoben hatten, um ihren Nacken zu schützen.

Mittags veröffentlichte eine Zeitung ein paar nichtssagende Zeilen:

Zum Fall des verschwundenen Schweizer Finanziers

Keine Schlagzeile. Kein Untertitel. Keine Fotos.

Martin Oosting, Vizepräsident der C. M. B., besser bekannt unter dem Namen Basler Gruppe, der Edgar Loem als Präsident vorsteht, ist heute morgen per Flugzeug in Paris angekommen und in einem Grand-Hotel in der Rue de Rivoli abgestiegen. Er führte sogleich eine Reihe von Gesprächen, unter anderem mit dem schweizerischen Gesandten in Paris und mit einem hohen Beamten des Innenministeriums.

Um elf Uhr empfing Oosting in seinem Hotel Kommissar Lucas, und wir glauben zu wissen, daß er eine Aussage von höchster Wichtigkeit gemacht hat.

Es hat nämlich den Anschein, als sei das Ermittlungsverfahren allzu voreilig eröffnet worden, wodurch unerwünschtes öffentliches Interesse auf Vorgänge gelenkt wurde, für die es möglicherweise eine ganz natürliche Erklärung gibt.

Laut Martin Oosting besteht nicht der geringste Grund, sich über das Verschwinden Edgar Loems zu beunruhigen, denn dieser liebte die Ruhe und zog sich häufig für einige Tage in irgendein Hotel auf dem Lande zurück, um sich zu erholen.

Unter diesen Umständen ist es sehr wohl möglich, daß er die Zeitungen der letzten Tage, die über sein Verschwinden berichten, nicht gelesen hat.

Punkt, fertig! Nichts mehr über Müller noch über Miss Dora, nichts über Lucile Boisvin und auch nicht über den berühmten Père La Souris, dessen Foto und drollige Erklärungen in allen Morgenzeitungen erschienen waren.

Martin Oosting hatte sich der Sache von höchster Stelle aus angenommen. Er war ein grauhaariger Mann mit Bürstenschnitt und schwarzen Kleidern, die locker um seinen schweren und fetten Körper hingen. Von morgens bis abends rauchte er dicke Zigarren, ohne sich darum zu kümmern, daß ihr Qualm die Gesichter seiner Gesprächspartner einnebelte.

Sollte er jemals gelacht haben, dann lag das sehr weit zurück, in der Zeit seiner Kindheit. Wenn er mit mißtrauischem Blick irgendeinen Raum betrat und mit seinem schweren Schritt über das Parkett trampelte, dann mußte man einfach begreifen, daß er die Hauptperson war.

Im ›Hôtel Louvre‹ hatte man es augenblicklich begriffen, schon als er aus dem Taxi gestiegen war und wortlos, mit herrischer, fast drohender Gebärde den Portier daran gehindert hatte, den kleinen Koffer zu ergreifen, den er in der Hand hatte.

Er war auf die Rezeption zugesteuert und hatte, von der Höhe seiner massigen Gestalt auf einen jungen Mann im Cut herabblickend, geknurrt:

»Martin Oosting!«

Denn er hatte seine Suite natürlich reservieren lassen. Ein ganzer Stapel Telegramme wartete bereits auf ihn. Im Stehen schlitzte er mit dem Fingernagel die Banderolen auf und las, als ob sein Blick imstande wäre, die Buchstaben auf dem Papier zu zerquetschen.

Er war noch keine zehn Minuten da, als auch schon ein Wagen mit der Kokarde des diplomatischen Korps vor dem Hotel hielt und ihn zum Gesandten fuhr.

Letzterer telefonierte in seinem Beisein, fast nach seinem Diktat, mit dem Innenminister und begleitete den Finanzier dann zur Place Beauveau.

Und dort trat das Telefon erst richtig in Aktion. Der Polizeipräsident wurde alarmiert und rief seinerseits den Direktor der Kriminalpolizei an. Von der Staatsanwaltschaft aus wurde zum Büro des Untersuchungsrichters durchgestellt, während der wuchtige, erdrückende Martin Oosting den Sessel ausfüllte und seine Zigarre paffte. Um elf Uhr vormittags war die Sache erledigt. Man hatte sich den Tatsachen beugen müssen. Martin Oosting hatte die französischen Behörden überzeugt, daß sie leichtfertig gehandelt hatten, man entschuldigte sich und schob die unangenehme Affäre Kommissar Lucas in die Schuhe.

Oosting, der den Gesandten jetzt nicht mehr benötigte, ließ sich dennoch in dessen Wagen zum Hotel zurückfahren. Er empfing Lucas in einem Salon, der im allgemeinen den Verwaltungsräten vorbehalten war. Auf dem grünen Tisch waren zwölf Tintenfässer und zwölf Schreibunterlagen aufgereiht.

»Sind Sie derjenige, der offiziell meine Erklärung entgegennehmen soll? Schreiben Sie ...«

Er bedeutete dem Kommissar, sich vor eine der Schreibunterlagen zu setzen. Er selbst marschierte, den Kronleuchter im darunterliegenden Raum zum Erzittern bringend, auf und ab und blieb hin und wieder stehen, um dem Polizeibeamten über die Schulter zu blicken und zu lesen.

... daß weder auf Grund des Charakters von Edgar Loem, dem Präsidenten der C. M. B., noch auf Grund seines früheren Verhaltens, noch auf Grund der Geschäftslage irgendein Anlaß zur Vermutung besteht, er könnte in ein Unglück irgendwelcher Art verwickelt worden sein ...

... daß die Besorgnis seines Angestellten Frédéric Müller jeder Grundlage entbehrt ...

Das Wort *Angestellter* wiederholte er zweimal, wobei der jede Silbe betonte.

... bedauerlicherweise glaubte man, gewisse Details seines Privatlebens, für die es nicht einmal Beweise gibt, auf ungebührliche Weise ans Licht der Öffentlichkeit zerren zu müssen ...

Hinter diesen Worten sah man das gotische Gebäude der C. M. B. aufragen, in dem sich seit zwei Jahrhunderten Männer, die ebenso wuchtig waren wie Oosting und die geschnitzten Möbel, in dem mit schwarzweißen Marmorplatten ausgelegten Beratungszimmer versammelten und ohne Lärm, fast ehrfürchtig verhalten wie in der Kirche, kolossale Geschäfte abwickelten.

»Ich werde noch einige Tage in Paris bleiben. Mit dem Ministerium ist vereinbart worden, daß Sie mich, falls Sie irgend etwas in Erfahrung bringen sollten, unverzüglich davon in Kenntnis setzen, auf welche Weise auch immer. Das ist alles.«

Um halb zwölf trat Lucas ins Büro des Direktors der Kriminalpolizei. Punkt zwölf wurde dieser vom Polizeipräsidenten empfangen. Um zwei Uhr schließlich wurde die Ermittlung offiziell eingestellt und die Presse durch ein Kommuniqué davon in Kenntnis gesetzt.

»Den Fall diskret weiterverfolgen«, lautete jedoch die Weisung, die Kommissar Lucas erhalten hatte.

Lognon, der sich fernab von solch unerreichbaren Sphären bewegte, verfolgte immer noch heldenhaft und unbeugsam La Souris, der vor Müdigkeit nicht mehr konnte und sich schließlich auf eine Bank in den Tuilerien fallen ließ.

Oosting, der mit den Händen in den Taschen seiner zu weiten Hose die ganze Zeit stehen blieb, überragte Müller um einen ganzen Kopf.

Die beiden Männer hatten sich in Loems Suite eingeschlossen, und Martin Oosting hatte ostentativ eine Akte auf den Tisch gelegt, auf der Müllers Name stand.

»Ich höre!«

Er hörte zu oder auch nicht. Das war nicht auszumachen. Er rauchte, postierte sich an eins der Fenster. Dann kam er an den Empire-Tisch zurück und schlug eine Seite der Akte auf.

»Am Mittwoch, dem 23. Juni«, erzählte Müller mit monotoner Stimme, »war Loem den ganzen Nachmittag abwesend. Gegen sechs kam er zurück und erhielt zwei Anrufe, die er ausnahmsweise persönlich entgegennehmen wollte. Ich selbst habe ihm die Gespräche auf sein Zimmer legen lassen, denn er war gerade dabei, sich für den Abend anzukleiden.«

»Was haben Sie gehört?« wollte Oosting wissen.

Während er das sagte, hatte er die Tür zum benachbarten Büro geöffnet, die Zentrale gewählt und sich auf diese Weise vergewissert, daß Müller das Gespräch hatte mithören können.

Der Bevollmächtigte ließ sich nicht aus der Ruhe bringen. Er nahm Oostings Unterstellung hin.

»Das erstemal teilte ein Monsieur John mit, das Treffen fände in Loge 16 der Oper statt.«

Das erklärte die Kleidung des Finanziers, denn es war eine Galaaufführung.

»Der zweite Anruf um zehn vor acht kam von der gleichen Person ...«

»Eine Sie oder ein Er?«

»Ein Er... wieder dieser Monsieur John. Er sagte, er könne nicht in die Oper kommen, erwarte Loem jedoch an der Ecke Rue de Berry ...«

»Um wieviel Uhr?«

»Um neun Uhr, dachte ich, wie die Verabredung in der Oper.«

Wenn man Oosting jetzt mit seiner Uhrenkette spielen sah, konnte man nicht erraten, was er dachte. Vielleicht glaubte er, was ihm gesagt wurde, vielleicht glaubte er aber auch kein Wort davon.

»Und dann?«

»Da ich gerade in der Halle war, als Monsieur Loem

ausging, bot er mir an, mich an der Madeleine abzusetzen.«

»Und Sie waren nicht so neugierig, einen Blick auf die Ecke Rue de Berry zu werfen?«

»Nein.«

»Doch!«

»Ja ... Aber ich muß wohl zu spät gekommen sein ... Ich habe niemand gesehen ...«

Immer noch stehend, tat Martin Oosting, als läse er einige Blätter der Akte. Aus ihnen ging hervor, daß Müller, der aus kleinbürgerlichem Milieu aus Freiburg stammte, in dieser Stadt sein Staatsexamen in den Rechtswissenschaften gemacht hatte und danach als Angestellter in die Rechtsabteilung der C. M. B. eingetreten war.

Fünf Jahre lang nichts als die üblichen Eintragungen, regelmäßige Gehaltserhöhungen, Anmerkungen seiner Abteilungsleiter.

Plötzlich nimmt Loem ihn zu einem Geschäftsabschluß nach Paris mit und behält ihn dort, zunächst als persönlichen Sekretär, dann mit dem Titel des Bevollmächtigten für die französischen Geschäftsangelegenheiten.

Oosting äußerte sich nicht. An seiner Zigarre kauend, musterte er den eleganten jungen Mann mit dem pomadisierten Haar und der zu fest geknoteten Krawatte von Kopf bis Fuß, und man hätte meinen können, daß diese nichtssagenden Angaben für ihn einen verborgenen Hintersinn hatten, daß sie ihm genügten, sich eine ganze Tragödie zusammenzureimen.

»Wann haben Sie von der Existenz dieser Frau erfahren?«

»Miss Dora?«

»Nein. Die andere. War das *vorher* oder *danach*?«

Müller mußte verstanden haben, denn er beeilte sich zu antworten: »Danach!«

Man sah ihm an, daß er log, daß er nicht mehr so selbstsicher war wie noch kurz zuvor.

»Und Miss Dora?«

»Sie ist meine Verlobte ...«

»Ich hoffe, sie hat Paris bereits verlassen?«

»Sie hat mir versprochen, heute abend abzureisen ... Ich dachte, es sei vielleicht wünschenswert, daß ich sie begleite.«

»Nein!« entschied Oosting und klappte mit einer schroffen Geste die Personalakte zu. »Haben Sie eine Schreibdame?«

»Sie ist in seinem Büro.«

»Schicken Sie sie mir herüber ... Und dann lassen Sie uns allein ...«

Er diktierte eine ganze Reihe verschlüsselter Telegramme. Dann verlangte er am Telefon Brüssel und Amsterdam. Um sechs Uhr abends war der Salon blau von Rauch, und trotz der vielen Zigarren hatte Martin Oosting nicht einmal ein Glas Wasser getrunken.

Inspektor Joly von der Kriminalpolizei teilte Kommissar Lucas diskret mit, daß Miss Dora von Müller zum Gare du Nord begleitet worden sei und soeben im Schnellzug nach Berlin Platz genommen habe, mit einer Fahrkarte für ebendiese Stadt.

»Soll sie fahren! ...«, antwortete Lucas am anderen Ende der Leitung. »Halte dich an Müller ...«

Was Inspektor Griesgram betraf, der geriet immer mehr ins Abseits. La Souris hatte ihn, vielleicht aus Rache, das ganze Seineufer bis zur Schleuse von Charenton entlanggeschleppt.

Während die Stunden verstrichen, wurde der Himmel immer schwerer, die Luft gewitterschwül. Lognon fragte sich, wie der alte Elsässer es schaffte, mit seinem hinkenden Gang unentwegt Kilometer um Kilometer zu laufen.

Sie hatten alle beide in einer Schifferkneipe am Quai de Bercy zu Mittag gegessen. La Souris, der ein paar Francs in der Tasche hatte, hatte sich wie üblich mit Brot, Wurst und Rotwein begnügt.

Um drei Uhr nachmittags kam er zur Schleuse, die es den Schiffen ermöglicht, von der Seine in die Marne zu gelangen, und dort ließ er sich unter fünfhundert anderen Leuten, die das gleiche getan hatten, auf dem mageren Uferrasen nieder, legte sich seine zusammengerollte Joppe unter den Kopf, die Melone aufs Gesicht, und war dann wohl eingeschlafen.

Fast hätte Lognon das ausgenützt, um rasch ins nächste Bistro zu laufen und Kommissar Lucas anzurufen, den er in diesem Fall als seinen Vorgesetzten betrachtete. Er fürchtete jedoch, daß La Souris' Schlummer nur eine List war, und blieb im Gras sitzen, auf dem er sein Taschentuch ausgebreitet hatte, um seine Hose nicht schmutzig zu machen.

Einige Kinder badeten. Manche von ihnen, die kleinsten, waren sogar splitternackt, und wenn der Inspektor in seinem eigenen Bezirk gewesen wäre, hätte er sie gezwungen, sich etwas anzuziehen. Fünfzig Lastkähne lagen still, während andere mühsam in die Schleuse hineinfuhren, die für die dicken Schiffsbäuche zu eng schien.

Gegen fünf begann der Alte sich zu regen. Der Hut rutschte ihm vom Gesicht, und La Souris rappelte sich hoch, blickte um sich, merkte, daß er jetzt in der prallen Sonne lag, und schleppte sich mit einem verdrießlichen Blick auf Lognon zwei Meter weiter.

Dieser Scherz machte ihm gar keinen Spaß mehr. Jetzt war er derjenige, der es als erster über hatte und der es allmählich mit der Angst bekam. So wirkte es auch nicht sehr überzeugt, als er dem Inspektor die Zunge herausstreckte, was in dessen Gesicht nicht einmal ein Zucken auslöste.

Er beschloß, als erstes etwas trinken zu gehen, obwohl er vom Schlafen in der Sonne bereits Kopfschmerzen hatte. Er trank wie immer Rotwein, während sein Verfolger am Bordstein stehengeblieben war. Auf dem Tresen lag eine Zeitung, und La Souris fragte:

»Kann ich die haben?«

»Wenn Sie wollen.«

»Den Rest in der Flasche nehme ich auch mit...«, verkündete er. »Was macht das?«

Er ging wieder zur Grasböschung am Kanalufer zurück, und als um sechs die Fabriken und Büros schlossen, gab es dort so gut wie kein freies Fleckchen mehr. Badende hechteten von den Schleppkähnen und ließen Wassergarben hochspritzen.

Der Alte las, ohne auf das Datum der Zeitung zu achten. Er las alles, was ihm unter die Augen kam, einen Bericht über Steuerbetrug, einen Artikel über Tuberkulose im Kindesalter, Reklame, davon eine, die ein Bruchband empfahl, mit besonderem Interesse, denn er litt an einem Leistenbruch.

Dann und wann trank er einen Schluck Wein, warf einen Blick auf Lognon, der verstohlen und unauffällig ein recht dralles Mädchen beobachtete, dem immer wieder ein Träger herabrutschte.

Auto günstig abzugeben ...

Sechshundert Francs Nebenverdienst pro Woche ...

Und dann stachen La Souris zwischen den Kleinanzeigen plötzlich drei Zeilen in die Augen.

Archibald. Günst. Ang. tägl. 20 h. gg. ü. Fouquet's. New York Herald in d. Hand. Diskr. zug.

Zuerst runzelte er die Brauen und bemühte sich, aus den Abkürzungen schlau zu werden. Schließlich übersetzte er:

»Archibald. Vorteilhaftes Arrangement. Wir erwarten Sie täglich um zwanzig Uhr vor dem ›Fouquet's‹ mit der Herald Tribune in der Hand. Diskretion zugesichert.

Er warf einen neuerlichen Blick auf Lognon, der nicht auf ihn achtete, legte die Zeitung ins Gras und dachte nach.

Natürlich konnte er sich täuschen. Dennoch hätte er geschworen, daß *er* dieser Archibald war. Es kribbelte ihm auf einmal in den Beinen, er bekam Lust zu laufen, zu gestikulieren, und belauerte in einem fort Lognon, mit dem Hintergedanken, ihm bei der erstbesten Gelegenheit zu entwischen.

Hatte er sich geirrt, als er gedacht hatte, in dem Auto, hinter dem Toten, sei ein Mann gewesen? Im Auto oder sonstwo, das war auch nicht wichtig. Worauf es ankam, war, daß man gesehen hatte, wie er die Wagentür geöffnet und wahrscheinlich auch, wie er die Brieftasche aufgehoben hatte.

Der Mörder. Oder die Mörder. Und man hatte Angst vor ihm! Vielleicht wollte man die Dollars wieder an sich bringen?

Jedenfalls benutzte man die Kleinanzeige, um ihn zu benachrichtigen.

Wie konnte man seine Aufmerksamkeit auf sich ziehen, ohne die der Polizei zu erwecken?

Mit Hilfe von *Archibald*, klar doch! Dem Namen, der auf dem Umschlag stand und der nicht allzu häufig ist!

La Souris erhob sich, fragte einen neben ihm Liegenden nach der Uhrzeit, und als er hörte, daß es schon halb sieben war, eilte er zur Straßenbahn. Diesmal war der Blick, mit dem er den neben ihm wartenden Lognon ansah, erzürnt, ja wütend.

Obendrein war ihm gerade ein Gedanke gekommen, der alles noch komplizierter machte.

Woher kannten der oder die Mörder, die ja nicht in den Besitz der Brieftasche gekommen waren, den Namen Archibald?

Mußte man daraus schließen, daß sie von dem Kuvert in der Tasche des Toten wußten?

Und La Souris, der es in der Hand gehabt hatte, hatte

es sich nicht näher angesehen! Es war ihm unwichtig erschienen. Ein alter Briefumschlag, ohne etwas darin, was war das schon. Und jetzt war es unmöglich, ihn wieder aus dem Bus zu holen, ohne daß Lognon ...

Sie standen beide auf der Plattform der Straßenbahn, die an den Quais entlang nach Paris zurückfuhr.

»Sagen Sie, Monsieur Lognon ...«

Der andere sah ihn starr an.

»Glauben Sie nicht, daß wir beide einen dämlichen Eindruck machen? Abgesehen davon, daß Sie kaum etwas zu Mittag gegessen haben. Und zu Abend werden Sie noch weniger essen, wenn es mir gefällt, bis in die Nacht hinein irgendwo herumzuspazieren ...«

Lognon schwieg.

»Was würden Sie davon halten, wenn ich Ihnen einen Waffenstillstand vorschlüge? Ich lasse Sie in aller Ruhe mit Ihrer Frau zu Abend essen, und wir treffen uns dann um neun Uhr wieder, zum Beispiel vor der Wache in der Oper ...«

Er hätte vor Wut am liebsten mit dem Fuß gestampft. Denn Lognon gab keine Antwort. Lognon sah ihn mit einem Blick an, der so leer war, als sei der Clochard durchsichtig und als würde der Inspektor durch ihn hindurch auf das Straßenpflaster blicken, das neben der Straßenbahn vorüberzog.

»Dann eben nicht«, knurrte La Souris.

Er stieg am Louvre aus, denn weiter fuhr die Straßenbahn nicht. Es war zehn nach sieben. Er sagte sich, er würde den Inspektor in der Métro abhängen, und steuerte darauf zu, als Lognon ihn überholte und auf die Plattform eines fahrenden Autobusses aufsprang.

»Na, so etwas!«

Vor fünf Minuten noch hatte er die Anwesenheit des Inspektors verflucht, und nun schimpfte er über diese unerklärliche Flucht.

»Was war wohl geschehen, daß der Inspektor...«

Alle Fenster in Paris standen weit offen. Der Abend war so drückend, wie der Tag gewesen war, aber es bestand Hoffnung, daß in der Nacht ein Gewitter niedergehen würde.

In der Rue de Rivoli blieb La Souris an einem Zeitungskiosk stehen und fragte nach einigem Zögern:

»Haben Sie noch Zeitungen von gestern und vorgestern?«

»Ich sehe mal nach...«

Es fanden sich noch zwei Stück. Er schlug die Seite mit den Kleinanzeigen auf und fand die drei an Archibald gerichteten Zeilen. Vielleicht – wer weiß? – war die Anzeige schon seit Donnerstag, dem Tag nach Loems Tod erschienen?

»Geben Sie mir den ›New York Herald‹.«

Diesmal sah ihn der Zeitungsverkäufer verwundert an, zuckte die Achseln, gab ihm aber trotzdem das amerikanische Blatt, eine Zeitung von sechsunddreißig Seiten, die La Souris nur mit Mühe in seine Tasche stopfen konnte.

Er war jetzt ungeduldig. Ungeduldig und ängstlich. Ihm war, als stünde sein Pfarrhaus auf dem Spiel, Punkt acht vor der Terrasse des ›Fouquet's‹ auf den Champs-Elysées.

Die Ironie des Schicksals wollte es, daß La Souris nach dem Kauf des ›New York Herald‹ nur noch dreißig

Centimes in der Tasche hatte, zu wenig, um irgendein Verkehrsmittel zu benutzen.

Passanten drehten sich nach dem kleinwüchsigen Alten um, der im Eiltempo, schwitzend und keuchend irgendein geheimnisvolles Ziel zu verfolgen schien.

»Archibald ...«

Um sich Mut zu machen, wiederholte er diese drei Silben immer wieder und brummte fast drohend vor sich hin:

»Wir werden schon sehen! Wenn die glauben, sie könnten mich ...«

Er lachte höhnisch. Kommissar Lucas fiel ihm ein, der sich ihm gegenüber hart und herablassend gezeigt hatte, und Lognon, der geglaubt hatte, ihn in der Hand zu haben, und all die anderen, die Journalisten, die Kriminalinspektoren, all die Leute, die Loems Mörder finden wollten ...

Während er, La Souris, jetzt an der Concorde anlangte, zwischen den fahrenden Taxis hindurch über den Platz lief und die Champs-Elysées hinaufrannte ... er, La Souris, der um acht Uhr den Mördern gegenüberstehen würde!

Was er tun würde, wußte er noch nicht. Er war jedenfalls vorsichtig genug, sich zu vergewissern, daß die amerikanische Zeitung nicht aus seiner Tasche herausschaute. So würde er Zeit haben, sich umzusehen, sich erst nach reiflicher Überlegung oder, was wahrscheinlich war, überhaupt nicht zu erkennen zu geben ...

Zehn vor acht ... Er sah die Uhrzeit auf der Uhr am Eiffelturm, der schon beleuchtet wurde, obwohl die Nacht noch nicht hereingebrochen war. Bläuliche

Schatten hingen im Laub der Bäume. Überall waren Leute, jede Menge Liebespaare und Familien, die ihre Kinder an der Hand hinter sich herzogen, während die Allerkleinsten getragen werden mußten.

Fünf vor acht...

Ein verrückter Gedanke brachte ihn trotz seiner Müdigkeit zum Lachen: wenn der englische Botschafter ebenfalls dort wäre? Schließlich war es ja sein Name!

Vertraulich...

Ein Telegramm der Budapester Sicherheitspolizei bestätigt als Antwort auf eine diesbezügliche Anfrage, daß Rechtsanwalt Staori, der Vater von Dora Staori, sich seit langem in einer höchst prekären Lage befindet...

Lucas arbeitete ganz allein in seinem Büro, von wo aus er die Place Saint-Michel und das linke Seineufer sehen konnte. Er nahm den Telefonhörer ab und hörte einen Augenblick zu.

»Stimmt...«, sagte er dann. »Es gibt in der Tat keinen Grund anzunehmen, daß ein Unglück passiert ist... Aber selbstverständlich! Besser optimistisch sein... Ja, das verspreche ich Ihnen!«

Es war Lucile Boisvin, die ihn am anderen Ende der Leitung fragte, ob es etwas Neues gäbe. Sie hatte in den Abendzeitungen die Erklärung Oostings gelesen, der nicht an ein Verbrechen oder an Selbstmord glauben wollte.

Nachdem er aufgelegt hatte, trank Lognon achselzuckend einen Schluck Bier und las weiter:

... in die ihn sein Lebensstil gebracht hat. Denn Staori, ein Mann von brillanter Intelligenz, aber ohne eigenes Vermögen, lebt auf großem Fuß und gibt jeden Winter prunkvolle Feste. Vor drei Jahren wäre er beinahe durch einen Finanzskandal kompromittiert worden. Von seinen Gläubigern verfolgt, kann er sich seit Monaten nur noch dank des Vertrauens behaupten, das die Basler Gruppe genießt, der sein zukünftiger Schwiegersohn Frédéric Müller angehört.

Er hat ein bedeutendes Grundstücksgeschäft in die Wege geleitet, in das die Gruppe große Kapitalien investieren soll.

Lucas schrieb in kleinerer Schrift darunter:

Anmerkung: Anscheinend hat Müller, der Dora Staori vermutlich während einer Reise nach Budapest kennengelernt hat, sich mit seiner Stellung in der C. M. B. gebrüstet. Er war wohl auch derjenige, der Loem dazu brachte, die Reise nach Budapest anzutreten, um dieses Geschäft zu prüfen. Obwohl der schweizerische Finanzmann in Begleitung des jungen Mädchens war, scheint er jedoch gleich bei seiner Ankunft in Budapest Nachteiliges über Staori gehört zu haben, denn er weigerte sich, mit ihm zusammenzutreffen.

Anzumerken ist, daß Müller von Martin Oosting als subalterner Angestellter behandelt wird, wogegen Loem häufig seinem Einfluß zu unterliegen schien.

Mit der gebotenen Diskretion versuche ich herauszufinden, ob die Macht, die Müller über Loem ausübte, vielleicht auf der Tatsache beruhte, daß Müller von der

Liaison seines Chefs mit einer ehemaligen Prostituierten wußte, von der dieser überdies ein Kind hatte.

Die Mentalität der Leute der Basler Gruppe, wie sie aus der Persönlichkeit Martin Oostings deutlich wurde, läßt diese Hypothese plausibel erscheinen, und das würde einiges erklären.

An dieser Stelle kam Kommissar Lucas, der La Souris nicht gründlich genug verhört hatte, ins Phantasieren, denn er fügte hinzu:

Auch eine Flucht Loems aus Verzweiflung über eine Erpressung.

Es war kein offizieller Bericht, sondern eine einfache Hausmitteilung an den Polizeipräsidenten, der damit machen konnte, was er wollte.

Danach leerte Lucas sein Bier, wischte sich den Mund ab, nahm seinen Hut und fuhr mit dem Bus nach Hause.

Paris diniert je eleganter, desto später, und als La Souris bei ›Fouquet's‹ an der Ecke Champs-Elysées und Avenue George v anlangte, saßen immer noch zweihundert Menschen auf der Terrasse, von denen etliche noch das Fernglas umhängen hatten, das sie nachmittags in Maisons-Laffitte gebraucht hatten.

Den Elsässer, der mühsam nach Luft rang, brachten die vielen Leute ziemlich aus der Fassung, und er zog es vor, zunächst einmal die Örtlichkeiten zu inspizieren, bevor er den ›New York Herald‹ aus der Tasche ziehen würde.

»Pardon, meine Damen und Herren ... Hätten Sie vielleicht zwei Francs, damit ich ein Gläschen auf Ihr Wohl trinken kann?«

Dies war das beste Mittel, das einzige, über das er verfügte, um die Gäste aus der Nähe in Augenschein zu nehmen und vor allem um zu sehen, ob kein Uniformierter in Sicht war.

Er hinkte. Er schob sich zwischen den Tischen hindurch, wich dabei den Kellnern aus – die sind in solchen Häusern schlimmer als die Polizisten – und hatte wegen seines fliegenden Atems etwas Mühe zu lächeln.

»Zum Wohl, Verehrtester... Ich wette, Sie haben zu viel Geld in der Tasche... Nichts bringt die Kleider schneller aus der Form...«

Alle seine alten Tricks eben. Die Leute zum Lachen zu bringen, statt Mitleid zu erregen!

»Wenn ich gewußt hätte, daß Sie nach Maisons-Laffitte gehen, hätte ich Ihnen einen Gewinntip für das dritte Rennen gegeben, der Jockey und ich sind nämlich Zwillingsbrüder...«

Es gab sechs Reihen Tische, dazu noch die auf der anderen Seite, in der Avenue George v. Viele Frauen. Einige Tische nur mit Männern, aber nichts, was auf Archibald hindeutete. Er sprach ein paar Deutsche auf deutsch an und kassierte zwei Francs auf einen Schlag.

Als er an die Ecke kam, machte er eine Entdeckung und wäre am liebsten im Erdboden versunken: Dort saß Lognon, ja, der Inspektor Griesgram in seinem braunen Anzug, mit seinen Ärmelschonern und seinem steifen Kragen!

Aber ein Lognon, der La Souris nicht einmal bemerkt

hatte, so sehr schien ihn die Lektüre des ›New York Herald‹ zu fesseln.

Er hatte auf die Annonce geantwortet! Oder sollte etwa er...

Nein. Er war nicht intelligent genug, sie selbst aufgegeben zu haben. Der Beweis dafür war, daß er sich hinter seiner Zeitung zu verstecken suchte, als er den Clochard sah, und da ihm das nicht gelang, rief er den Kellner und bezahlte seinen Mandarin-Citron.

Es war zehn nach acht. Keiner hatte Lognon angesprochen, obwohl er ostentativ in der amerikanischen Zeitung geblättert hatte.

La Souris holte ihn zehn Meter hinter der Terrasse ein und gönnte sich das boshafte Vergnügen zu spotten:

»Ich wußte gar nicht, daß Sie englisch lesen können!«

»Was hast du denn dort gemacht?«

»Business, das haben Sie doch gesehen! Zwölf Francs fünfzig in ein paar Minuten ...«

Er zeigte eine Handvoll Münzen, wobei er darauf achtete, die Zeitung, die seine Tasche ausbeulte, nicht sehen zu lassen.

6

Inspektor Lognon macht zwei Fehler

Lognon war nicht nur schlecht gelaunt, sondern auch mit sich selbst unzufrieden. Erst heute morgen hatte seine Frau wieder zu ihm gesagt:

»Du bist selber schuld! Was mußt du dich auch immer vordrängen? Vor allem, da du später, wenn es die Rosinen aus dem Kuchen zu picken gilt, gar nicht mehr vorne bist...«

Es war Mitternacht, und er kehrte erst jetzt nach Hause zurück und zweifelte nicht daran, an diesem Abend zwei Fehler begangen zu haben, deren einer sich umgehend rächen sollte.

Der erste Fehler war gewesen, La Souris nicht durchsucht zu haben. Seit Tagen konnte der Alte keinen Fuß in irgendeine Polizeiwache setzen, ohne von Kopf bis Fuß gefilzt zu werden, natürlich auf Befehl von Lognon.

Nun, der Inspektor hatte einen ganz frustrierenden Tag lang sozusagen an dem Elsässer geklebt. Er ließ ihn für eine Stunde laufen und ging zu ›Fouquet's‹, wie er es schon tags zuvor getan hatte, um zu versuchen, die Urheber der Annonce ausfindig zu machen.

Wie durch Zufall stieß er auf der Terrasse des Etablissements wieder auf La Souris und dachte an alles, nur nicht daran, ihn zu durchsuchen.

Es war nicht einmal Vergeßlichkeit. Die Hitze, die Erschöpfung, die Langeweile hatten Lognon stumpfsinnig gemacht. Er war seiner fixen Idee allmählich überdrüssig und war nahe daran, La Souris seiner Wege gehen zu lassen.

Diesmal jedoch hängte der Alte sich selbst an ihn.

»Ich mache Ihnen einen Vorschlag... Da ich sehe, daß Sie nicht von mir lassen können, sollten wir einen Zeitplan aufstellen... Also, heute abend werde ich mir einen Kinobesuch leisten... Danach dürfen Sie mich zur Wache in der Oper bringen und haben Ihre Ruhe, Ehrenwort...!«

Lognon hatte eingewilligt! Fast drei Stunden lang war er im Kino dicht an La Souris' Tasche und dem darin steckenden ›New York Herald‹ gesessen!

Hätte er ihn entdeckt, dann wäre ihm klar geworden, daß der Alte zur Verabredung gekommen war. Und daraus hätte er gewiß den Schluß gezogen, daß...

Der zweite Fehler war ihm eben erst unterlaufen. Lognon hatte La Souris zur Wache in der Oper gebracht und einem jungen Kollegen übergeben, wobei er nicht ohne Stolz betonte:

»Befehl von Kommissar Lucas von der Kriminalpolizei! Sondermission...«

Dann war er in den Bus gesprungen, der an der Place Clichy hält. Um von dort nach Hause zu kommen, hätte er einen zweiten Bus nehmen können, doch da dieser auf sich warten ließ, hatte er beschlossen, zu Fuß die Rue Caulaincourt hinaufzugehen.

Was dann geschah, war ihm selbst nicht ganz klar. Er war keine fünfzig Meter vom roten Licht einer Polizeiwache entfernt. Er fragte sich gerade, warum der Verfasser der Annonce sich trotz ›New York Herald‹ beide Male nicht gezeigt hatte.

Ein Auto überholte ihn, fuhr ein paar Meter weiter und blieb stehen. Ein Mann stieg aus, tat, als wolle er das Trottoir überqueren, und rempelte dabei wie aus Versehen den Inspektor an.

Als Lognon sich bückte, um seinen Hut aufzuheben, versetzte ihm der Unbekannte, statt sich zu entschuldigen, einen gewaltigen Schlag auf den Kopf, vermutlich mit Hilfe eines kleinen Gummiknüppels, denn der Inspektor verlor das Bewußtsein.

Zwei Polizisten einer Fahrradstreife fanden ihn ein paar Minuten später und alarmierten das Überfallkommando, so daß Lognon die Ehre hatte, den Einsatzwagen des achtzehnten Arrondissements beanspruchen zu dürfen, und in einem Krankenhausbett aufgewacht wäre, wenn er nicht unterwegs das Bewußtsein wiedererlangt hätte.

»Es ist nichts...«, hatte er gemurmelt. »Man soll mich nach Hause bringen...«

Er hatte unerträgliche Kopfschmerzen, aber es war nichts gebrochen. Man begleitete ihn im Aufzug, der ihn sofort seekrank machte, in den vierten Stock hinauf.

Madame Lognon wurde wach.

»Bist du es, Joseph?«

»Ja...«, brummte er.

Er wollte den beiden Polizisten, die ihm behilflich gewesen waren, unbedingt ein Gläschen anbieten. Madame Lognon wurde ungehalten. Im Nachthemd und mit Lockenwicklern im Haar kam sie ins Eßzimmer und konnte nicht verstehen, warum ihr Mann zu so später

Stunde die Karaffe mit dem Calvados und die zum Service gehörenden Gläser mit Goldrand aus dem Buffet holte.

Noch weniger konnte sie verstehen, weshalb er, als er dann die Gläser füllte, plötzlich taumelte, sich gerade noch auf einen Stuhl setzen konnte und in Ohnmacht fiel.

»Ich habe es immer gesagt!« rief sie, nachdem die Polizisten sie von dem Überfall in Kenntnis gesetzt hatten. »Jetzt hat es ihn eben erwischt!«

Es hatte ihn so schlimm erwischt, daß mitten in der Nacht der Arzt gerufen werden mußte, denn Lognon hatte hohes Fieber. Da es nur ein Schlafzimmer gab, konnte der Kleine nicht schlafen, und am nächsten Morgen entschied seine Mutter, daß er nicht zur Schule zu gehen brauchte.

Gegen zehn Uhr besuchte der Bezirksoberinspektor höchstpersönlich den Verletzten – der so mitgenommen war, daß er eine gute Woche brauchen würde, um zu genesen –, und die Gläser mit Goldrand wurden erneut hervorgeholt.

Was La Souris betraf, der fragte sich, weshalb Inspektor Griesgram ihn schon wieder sich selbst überließ, oder vielmehr, warum er ihn in die Obhut eines jungen Inspektors gegeben hatte, den er innerhalb von Minuten hätte abhängen können, wenn er nur gewollt hätte.

Am gleichen Morgen landete mit dem Flugzeug aus Basel ein Mann in Bourget, der in allem der tags zuvor mit derselben Maschine angekommenen Person, nämlich Martin Oosting, glich.

Dieser hier hieß Gade, und statt grauem hatte er rotes Haar. Aber er paffte die gleichen Zigarren, betrachtete die Leute mit dem gleichen gelassenen und höchst verächtlichen Blick.

Monsieur Gade, seines Zeichens Delegierter des Verwaltungsrats der C.M.B., vertraute seine prall mit Dokumenten gefüllte schweinslederne Aktentasche keinem Gepäckträger an. Er gab einem Taxi die Adresse des ›Hôtel Louvre‹, wo man ihn schon frühmorgens, als er noch gar nicht angekommen war, zweimal am Telefon verlangt hatte, einmal aus der Schweiz und einmal aus Belgien.

»Schicken Sie mir den Friseur hinauf!« sagte er, während er in den Aufzug trat.

Er hatte dicke rote Haut mit großen Poren, wie die mancher Orangen. Sein kurzgeschnittenes Haar sah aus wie der Widerschein der untergehenden Sonne. Als er fertig war, rief er Oosting an, dessen Suite sich auf der gleichen Etage befand, und die beiden Männer schlossen sich in einem der Salons ein. Jeder hatte seinen Aktenkoffer bei sich, während das Telefon bald für den einen, bald für den anderen schrillte.

Kommissar Lucas hatte im Zweiten Weltkrieg dem Deuxième Bureau angehört und war mit verschiedenen Missionen in der Schweiz beauftragt gewesen. Aus dieser Zeit hatte er noch Freunde bei der eidgenössischen Polizei, und einen von diesen rief er jetzt an.

Im Gegensatz zu Lognon hatte er sich nicht auf diese Affäre versteift. Er war sehr beschäftigt, unter anderem mit dem Fall eines kleinen Jungen, der in einem Pariser

Vorort tot aufgefunden worden war, was ihm wieder einmal den Ansturm der Presse vor der Tür seines Büros einbrachte.

Wenn er sich überhaupt noch mit Loem befaßte, dann nur, weil die Weisung von oben gelautet hatte: *die Untersuchung diskret weiterverfolgen.*

Das bedeutete, daß er für alle Fälle eine Akte anlegen mußte, um bereit zu sein, falls die Angelegenheit plötzlich eine andere Wendung nehmen sollte, falls zum Beispiel die Leiche des Finanziers gefunden würde.

Nach dem Anruf in der Schweiz schrieb er einen Vermerk, den er zu den anderen Notizen in den Ordner legte.

Die Familie Loem steht seit drei Generationen an der Spitze der C. M. B. oder Basler Gruppe. In der Schweiz spricht man gemeinhin und ohne jede Ironie von der Loem-Dynastie.

Großvater Loem war ein großer liberaler Wirtschaftswissenschaftler und strenger Puritaner.

Sein Sohn, der Vater des jetzigen Loem, versuchte Mienenspiel und Gang des Alten genau zu kopieren und ging so weit, Anfang des zwanzigsten Jahrhunderts fast die gleichen Kleider zu tragen, wie sein Vater sie vierzig Jahre früher trug.

Edgar Loem sollte eigentlich gar nicht Nachfolger seines Vaters werden, denn er hatte einen älteren Bruder, der für diese Aufgabe ausersehen war, aber bei einem Bergunfall ums Leben kam.

Edgar Loem gilt nicht als große Leuchte. Er wahrt

die Tradition, mehr nicht, umgeben von zwölf Herren, die wie er seit Generationen zur Basler Gruppe gehören.

In der Schweiz weiß man nichts von irgendeiner Liaison. Eine Zeitlang hieß es, er würde die Frau seines verstorbenen Bruders heiraten, aber es war nichts daran gewesen.

Unterdessen verließen die beiden Herren aus Basel das ›Hôtel Louvre‹ und gingen zu Fuß zum benachbarten ›Hôtel Castiglione‹, wo sie in Loems Appartement hinaufstiegen, als seien sie dort zu Hause.

Die Verbindungstür zu Müllers Büro stand offen. Müller war da und arbeitete. Er erhob sich und stand stramm, um die Herrschaften zu begrüßen, die seine Anwesenheit gar nicht wahrzunehmen schienen und deren Zigarren es zusammen bald geschafft hatten, alles in blauen Dunst zu hüllen.

Mit Sinn und Methode, wie es sich gehört, öffneten die beiden Männer bedächtig den Geldschrank, dann die Schubladen, stapelten die Akten auf dem Schreibtisch und sahen sie eine nach der anderen durch, wobei sie sich gegenseitig, sich ohne Worte verstehend, ab und zu ein wichtiges Schriftstück zeigten.

Als sie den Schlüssel zu einem kleinen Schränkchen suchten, das sich in Loems Salon befand, reichte Müller ihnen diesen und sagte:

»Da sind nur Briefmarken drin ...«

Es befanden sich zwei Alben darin, dazu einige einzelne Hüllen aus transparentem Papier, die jeweils eine einzige Briefmarke enthielten.

Während Oosting überhaupt nichts zu sich nahm,

trank Gade aus großen Gläsern Eistee und schwitzte ihn aus allen Poren seiner grobkörnigen Haut wieder aus.

Mittags verloren die Herrschaften keine Zeit damit, essen zu gehen, sondern bestellten Sandwichs, die sie während der Arbeit verzehrten.

Sie wußten nicht, daß mit dem Flugzeug Budapest–Prag–Paris um neun Uhr zehn eine neue Person eingetroffen war und Kommissar Lucas wieder einmal mit dem diplomatischen Corps zu tun hatte.

Denn Franz Staori, ein blendend aussehender Mann mit mattem Teint, dessen leicht süßliches Parfum die Flugzeugkabine durchdrungen hatte, führte sich genauso auf wie die Herrschaften der Finanz.

Um zehn Uhr war er beim Gesandten seines Landes. Um halb elf betrat er in Begleitung desselben das Innenministerium, wo ihn ein Mitarbeiter aus dem Kabinett des Ministers ehrerbietig empfing.

Der einzige, der redete, und zwar wie ein Wasserfall, war Staori, mit einem Akzent, der ebenso hübsch klang wie der seiner Tochter. Er erhob vehement Protest gegen die französische Polizei, welche die Ehre seiner Familie beschmutzt habe, indem sie persönliche Details an die Öffentlichkeit gezerrt habe, die, wie er behauptete, noch dazu falsch seien.

Niemals sei Dora Müllers Geliebte gewesen! Man müsse schon die Mentalität der Franzosen haben, die allenthalben galante Abenteuer witterten, um es seltsam zu finden, wenn ein junges Mädchen in Paris ein Jahr lang im gleichen Hotel wohnt wie der Verlobte.

Rechtsanwalt Staori behielt sich alle rechtlichen Möglichkeiten vor für den Fall eventueller Folgen, die eine derartige Publizität haben könnte, und verlangte eine sofortige Gegendarstellung in der Presse.

Das Gewitter war immer noch nicht niedergegangen. Bei sämtlichen Besprechungen drückte man feuchte Hände, wischte sich mit synchronen Bewegungen den Schweiß ab, und durch die sperrangelweit offenen Fenster war das Klappern der Schreibmaschinen zu hören.

Der Mitarbeiter des Ministers versprach selbstverständlich alles in seiner Macht Stehende zu tun. Dann rief er, wie schon tags zuvor, den Polizeipräsidenten an, der seinerseits den Direktor der Kriminalpolizei anrief, welcher Lucas in sein Büro kommen ließ.

»Da haben wir es! Er ist heute morgen in Paris angekommen. Er ist im ›Hôtel Castiglione‹ abgestiegen und wohnt in der Suite seiner Tochter. Er will der Presse, koste es, was es wolle, eine Erklärung diktieren und verlangt für heute nachmittag eine Pressekonferenz ...«

Die beiden Männer sahen sich an und zogen beide das gleiche Gesicht. Sie konnten Staori nicht daran hindern, den Journalisten alles zu erzählen, was er wollte.

Daraufhin aber würden die anderen, die Basler, ihren Gesandten erneut zur Place Beauveau schleppen, um ein weiteres Mal Protest zu erheben.

»Was meinen Sie dazu, Lucas?«

Und Lucas sagte, ohne zu lächeln:

»Ich möchte gern die Leiche sehen!«

»Wenn es eine Leiche gibt.«

»Und ich möchte gern das Auto finden ...«

Dessen Kennzeichen und Beschreibung war zusammen mit den Beschreibungen der zehn bis zwölf Autos, die tagtäglich in Paris gestohlen wurden, gleich am ersten Tag an sämtliche Polizeidienststellen Frankreichs durchgegeben worden. Doch die beiden Herren waren vom Fach und wußten sehr wohl, daß von diesen zwölf Autos kaum die Hälfte wieder aufgefunden wurde. Und wenn, dann oft erst Monate später.

»Was gedenken Sie zu tun?«

»Ich werde diesen Staori aufsuchen ...«

In diesem Augenblick schrillte das Telefon, und als Lucas hinausgehen wollte, machte ihm der Direktor der Kriminalpolizei, der den Hörer abgenommen hatte, ein Zeichen, den zweiten Hörer zu nehmen.

»Hallo! Ja ... Würden Sie bitte wiederholen?«

»Hier ist der Bezirksinspektor vom Neunten. Vergangene Nacht ist Inspektor Lognon in der Rue Caulaincourt von Unbekannten, die aus einem Auto stiegen, überfallen worden ... Er ist mit einem stumpfen Gegenstand auf den Kopf geschlagen worden und liegt jetzt in seiner Wohnung in der Rue Constantin-Pecqueur im Bett ... Er hat mich selbst gebeten, die Kriminalpolizei zu verständigen, und zwar Kommissar Lucas ... Ist er da?«

»Er ist am Apparat. Ich danke Ihnen ...«

»Würden Sie ihn bitte fragen, ob wir Père La Souris weiter beschatten sollen? Mir fehlt es an Leuten, und wenn es nicht mehr nötig wäre ...«

Der Direktor sah Lucas fragend an. Lucas zuckte die Achseln.

»Gut. Dann lassen Sie es ...«

Als man eingehängt hatte, fragte der Direktor:

»Was hat es denn mit diesem La Souris auf sich?«

»Eine Idee von Inspektor Lognon ... Tatsache ist, daß der Alte irgendwas zu wissen scheint ... Aber was genau? Ich werde ihn heute abend verhören ...«

Sie schwiegen eine Weile. Dann murmelte Lucas:

»Ich wette, Müller hat das ›Hôtel Castiglione‹ gestern abend nicht verlassen ... Und Staori war noch gar nicht in Frankreich, wenn das, was er uns gesagt hat, wahr ist ...«

Und abschließend wiederholte er:

»Was will man da tun? Ich gäbe viel darum, die Leiche zu sehen ...«

Der Direktor konnte sich täuschen. Aber es kam ihm so vor, als glaube der Kommissar nicht recht an die Existenz dieser Leiche.

Bevor Lucas in die dritte Etage des Hotels hinaufging, ließ er den Herren aus der Schweiz seine Karte bringen und ersuchte sie um eine kurze Unterredung. Durch den Etagenkellner ließen sie ihm antworten, sie seien sehr beschäftigt und bäten den Kommissar, abends wiederzukommen oder ihnen zu schreiben.

Die ließen sich von der Polizei nicht beeindrucken! Sie arbeiteten in ihrem Büro weiter, das nach Havannas und nach Müllers Brillantine roch.

Also schrieb Lucas auf einen Zettel:

Können Sie mir sagen, ob in der C. M. B. offiziell ein Grundstücksgeschäft in Budapest unter Vermittlung oder Beteiligung von Rechtsanwalt Staori im Gespräch war?

Er ließ das Billet hinaufbringen und erhielt es mit dem knappen, mit Rotstift geschriebenen Vermerk zurück:

»Nein!«

Fast wäre Lucas in den Aufzug gestiegen. Doch er überlegte es sich anders; drehte seinen Zettel um und schrieb:

Hatte Edgar Loem die Befugnis, bezüglich eines solchen Geschäfts Verhandlungen aufzunehmen, ohne den Verwaltungsrat davon in Kenntnis zu setzen?

Der Zettel kam mit dem gleichen, von der gleichen Hand geschriebenen Wort zurück: *»Nein!«*

Da entfuhr dem Kommissar ein zufriedener Seufzer, und er ließ sich bei Staori anmelden. Er traf ihn in Gesellschaft eines Freundes an, eines Ungarn, der in Paris wohnte und den Lucas schon irgendwo gesehen zu haben glaubte.

Zuerst behandelte Staori ihn sehr von oben herab, wiederholte, was er schon am Morgen gesagt hatte, sprach von der Familienehre, von der Budapester Anwaltskammer, kurzum von seinem ganzen Heimatland, das durch diese Affäre beschmutzt worden sei.

»Ich will, daß die Journalisten hierher kommen, und ich werde ihnen sagen ...«

Lucas hörte ihm geduldig zu. Auch er schwitzte, aber er machte sich nicht die Mühe, seine tropfnasse Stirn abzuwischen. Während der andere redete, spielte er mit dem Stück Papier und streckte es dann plötzlich seinem Gesprächspartner hin, der einen Blick darauf warf und verwirrt stammelte:

»Was ist das?«

»Zwei kleine Fragen, die ich soeben schriftlich an die Herren der Basler Gruppe gerichtet habe.«

»Aber... Ich wüßte nicht... Was geht mich das an?«

Daraufhin kramte der Kommissar langsam und umständlich in seiner Tasche, um schließlich das Telegramm der Budapester Polizei herauszuziehen.

Pech für die Budapester Polizei! Nun würde Staori nichts Besseres zu tun haben, als sich mit ihr anzulegen!

... bestätigt, daß Rechtsanwalt Staori sich seit langem in einer höchst prekären Lage befindet...

Jetzt bedauerte der Anwalt die Anwesenheit seines Landsmannes, den er noch kurz zuvor so gern zum Zeugen genommen hatte.

... kann er sich seit Monaten nur noch dank des Vertrauens behaupten, das die Basler Gruppe genießt, der sein zukünftiger Schwiegersohn...

Lucas setzte währenddessen eine absolut einfältige Miene auf, stopfte seine Pfeife, zögerte aber, sie anzuzünden. Er wartete ab. Er nahm sein Telegramm und seinen Zettel wieder an sich.

»Das ist eine Verschwörung meiner politischen Feinde, die mich ruinieren wollen!« schrie Staori schließlich. »Im übrigen möchte ich wissen, wie dieses Schreiben in Ihre Hände gelangt ist...«

»Auf dem Amtswege... Ich habe, wohlgemerkt, noch keinen Gebrauch davon gemacht... Es wäre höchst bedauerlich, wenn die Presse...«

»Dazu hat sie kein Recht!«

»Das wollte ich gerade sagen... wenn die Presse, die es sich zur Gewohnheit gemacht hat, in bestimmten Dingen auf eigene Faust Ermittlungen anzustellen und dabei nicht immer ungeschickt vorgeht, derartige Informationen veröffentlichen würde, die ihr von anderer Seite zugespielt werden könnten... Für die Diskretion unserer Behörden kann ich garantieren, in Budapest jedoch verhält es sich möglicherweise anders... Wissen Sie, der ganze Fall ist gewissermaßen schon ad acta gelegt worden, da keine Leiche zu finden ist und keine Anzeige vorliegt und die Ermittlungen deshalb automatisch eingestellt worden sind... Monsieur Müller, der ja in Wirklichkeit nur ein sagen wir mal sehr subalterner Angestellter war, hat Ihren guten Glauben und den Ihrer Tochter mißbraucht... Die Zeitungsleser haben die ganze Geschichte schon vergessen, und wenn man dafür sorgt, daß sie nicht wieder aufgewärmt wird...«

»Was möchten Sie trinken, Herr Kommissar?«

»Ein Bier, sehr gern.«

Und es endete, wie es enden mußte, mit Staoris Klagen über die Niedertracht der Herren der Basler Gruppe, die sein Vertrauen mißbraucht hatten und nun ihre Verpflichtungen nicht einhielten.

»Denn Loem ist nach Budapest gekommen, um mich zu treffen! Wenn wir uns nicht gesehen haben, dann deshalb, weil ich zu dieser Zeit gerade einen Prozeß in der Provinz hatte und er nicht so lange warten konnte...«

Man servierte ein köstliches Bier und einen Whisky für Staori, der dann den Kommissar bis zum Ausgang geleitete.

»Ich nehme an, daß derartige Schriftstücke ...?«

»... bei uns stets unter Verschluß bleiben! Und ich füge hinzu, daß sie vernichtet werden, sobald der Fall offiziell zu den Akten gelegt wird ...«

»Ich verlasse mich auf Sie!« sagte Staori mit vielsagendem Augenzwinkern. »Im übrigen sehen wir uns noch ...«

Er trat in sein Zimmer zurück, überzeugt, den Kommissar gekauft zu haben.

Was diesen betraf, so hätte er viel darum gegeben, einen noch so kleinen Hinweis in dieser Affäre zu bekommen, deren Verstrickungen er sehr wohl sah, in der er jedoch beim besten Willen nicht den kleinsten roten Faden erkennen konnte.

Die Sonne brannte derart herab, daß die Überquerung der Place Vendôme zur regelrechten Expedition wurde. Am Hotelausgang zögerte der Kommissar einen Augenblick, zuckte die Achseln, als er seinen Inspektor sah, der so betont unauffällig auf dem Trottoir auf und ab ging, daß er selbst dem Ahnungslosesten aufgefallen wäre, rief ein Taxi und sagte nach einem letzten Zögern:

»Place Constantin Pecqueur!«

Der Befehl, die Beschattung Père La Souris' einzustellen, war noch nicht bis zum Betroffenen durchgedrungen, wie Lucas feststellte, als er wenige Schritte von Lognons Domizil entfernt einen jungen Mann bemerkte, der ebenso auffällig desinteressiert war wie der vorige und den er nun ansprach.

»Städtische Polizei?« sagte er nur. Und der andere, der den Kommissar erkannte, dessen Bild fast jede Woche in der Zeitung erschien, stammelte:

»Ja . . ., Sie sind im Bilde?«

»Er ist also droben?«

»Gerade eben gekommen. Heute morgen, als er aus der Polizeiwache kam, ging er zum Seineufer und machte mit nacktem Oberkörper seine Morgentoilette. Er hatte sich ein Stück Seife gekauft. Umringt von belustigten Zuschauern, wusch er sich von Kopf bis Fuß, jedenfalls beinahe, dann setzte er sich auf eine Bank im Schatten. Mittags hat er sich eine gerade erschienene Zeitung gekauft, aus der er erfuhr, daß der Inspektor Opfer eines Überfalls geworden war. Er muß lange gezögert haben, hierher zu kommen, denn er hat einen großen Umweg gemacht.«

Lucas fragte die Concierge nach der Etage, nahm den Aufzug, klingelte beim Inspektor und begrüßte Madame Lognon, deren Miene sich, statt freundlicher zu werden, verfinsterte, als er seinen Titel nannte.

»Kommen Sie herein!« begnügte sie sich zu sagen.

Dann, halblaut, wie zu sich selbst:

»Wenn das die richtige Behandlung für einen Mann sein soll, der neununddreißig Fieber hat!«

Es gab nur drei Zimmer: Küche, Eßzimmer und Schlafstube. Der Junge, der im Eßzimmer war, wußte nicht, was er tun sollte. Die Tür zum Schlafzimmer war zu.

»Soll ich ihm sagen, daß Sie gekommen sind?«

»Wenn es Ihnen nichts ausmacht!«

Einen Augenblick später kam La Souris aus dem Zimmer geschossen, so schnell, daß er beinahe über einen Stuhl gefallen wäre. Lucas sah Lognon im Bett sitzen, den Kopf mit einer Kompresse umwickelt.

»Du wartest hier auf mich...«, sagte Lucas, bevor er ins Schlafzimmer ging und die Tür hinter sich schloß.

Dann:

»Guten Tag, Herr Inspektor... Na, war der Schlag schlimm?«

Lognon war verlegen. Noch nie, nicht einmal anläßlich der Erstkommunion des Kleinen, war sein bescheidenes Heim von so viel Prominenz beehrt worden. Morgens der Bezirksoberinspektor, nachmittags Kommissar Lucas...

Er blickte besorgt umher, um sich zu vergewissern, daß nichts herumlag, und rief nach seiner Frau:

»Bring dem Herrn Kommissar den Sessel...«

Denn wegen Platzmangels gab es nur einen einzigen in der ganzen Wohnung.

»Wissen Sie, ich wäre ja gern aufgestanden. Aber der Arzt wollte...«

»Machen Sie sich keine Sorgen, mein Guter... Ich wollte nur mal hereinschauen und Ihnen guten Tag sagen... Sie haben wirklich Pech gehabt, gestern abend, denn hätten die es nicht so schlau angestellt, dann hätten Sie, so wie ich Sie kenne...«

»Echte Profis!« rief Lognon stolzgebläht. »Ich hatte keine Zeit, irgendwas zu sehen. Würde man mich meinem Angreifer gegenüberstellen, ich würde ihn nicht erkennen. Ich habe nichts gesehen, weder die Farbe des

Autos, noch das Kennzeichen ... Aber eins habe ich wenigstens durchschaut: ihren Trick!«

»Ach ja?«

Ein Glück, so schien Lucas zu denken, daß wenigstens einer endlich etwas durchschaut!

Lognon erklärte ihm die Geschichte mit der Annonce, die er schon seit Sonntag las und derentwegen er mit dem ›New York Herald‹ zu ›Fouquet's‹ gegangen war.

»Verstehen Sie? Die mußten herausfinden, ob jemand Bescheid wußte ... Deshalb haben sie die Anzeige aufgegeben. Aber statt sich zu zeigen, hatten sie sich in irgendeinem Winkel versteckt ... Sie haben mich an der amerikanischen Zeitung erkannt und sich gesagt, daß ich irgendwas wissen müsse ...«

»Dabei wissen Sie gar nichts!« warf Lucas ruhig ein.

Lognon zuckte zusammen, überlegte einen Augenblick und gab dann zu:

»Nein, ich weiß wirklich nichts!«

»Dann frage ich mich«, fuhr der Kommissar fort, »wer etwas weiß. Denn die haben die Annonce ja nicht aufgegeben, um unsere Neugier zu wecken. Irgend jemand steht ihnen im Weg ...«

»Ich sehe, Sie haben den gleichen Gedanken wie ich ...«

Er dachte, daß er vielleicht ein wenig zu weit gegangen war, daß der Kommissar womöglich verstimmt war, und beeilte sich zu sagen:

»Verzeihen Sie ...«

»Keine Ursache! Keine Ursache! Sie haben sich als sehr tüchtig erwiesen ...«

Dann wechselte er plötzlich den Ton:

»Was wollte denn der Alte hier?«

Er hatte Lognon so für sich eingenommen, daß der Inspektor aus sich herausging und in ganz normalem Ton mit ihm sprach, so wie er mit seiner Frau sprechen würde und nicht wie er sonst mit Vorgesetzten zu sprechen pflegte.

»Das frage ich mich auch ... Wenn ich Ihnen meine geheimsten Gedanken sagen würde ...«

»Nur zu, nur zu!«

»Es klingt ein bißchen lächerlich ... Ich bin nie nett zu ihm gewesen ... Aber als er vorhin hereinkam, hatte ich fast den Eindruck, daß es so etwas wie ein Freundschaftsbesuch war ... Er schien betroffen über das, was mir zugestoßen war. Er fragte mich, ob ich nicht zu schlimme Schmerzen habe ...«

Lognon hatte Angst, sentimental zu erscheinen. Deshalb setzte er hinzu:

»Ich weiß wohl, er ist ein Komödiant ... Aber warum sollte er sonst gekommen sein?«

Durch das offene Fenster sah man Kinder auf dem Platz spielen. Gekreische drang herauf, wie von einem Pausenhof.

»Ich weiß nicht, ob Sie wissen, was ich meine ...«

Dabei wurde er rot und fürchtete wieder, den Kommissar verärgert zu haben.

»Es ist schwer zu erklären ... Schon am ersten Abend, als ich sah, wie La Souris das Kuvert mit den Dollars brachte, spürte ich, daß da etwas nicht stimmte ...«

»Apropos«, unterbrach ihn Lucas. »Wo ist denn dieses Kuvert?«

»Es muß auf dem Fundamt sein... Ja, Sie haben recht!«

Er erriet, was der Chef dachte. Kein Mensch war bisher auf die Idee gekommen, den berühmten Umschlag näher zu untersuchen oder die Nummern der Scheine bekanntzugeben!

»Ich weiß schon, was Sie vorhaben...«

Mist! Jetzt war er zu weit gegangen. Lucas konnte es wohl nicht leiden, wenn man seine Gedanken erriet oder wenn man, obwohl man nur Inspektor war, genauso intelligent war wie er, denn er sagte beiläufig:

»Ich werde La Souris verhören.«

»Ach...«

Das hatte *er* doch schon zehnmal getan! Dabei hatte er den Vorteil, den Elsässer seit langem zu kennen.

»Glauben Sie nicht, daß der Umschlag...? Wenn ich es mir jetzt überlege, glaube ich mich zu erinnern, daß irgendwelche mit Bleistift geschriebene Rechnungen darauf standen...«

Er merkte, daß er sämtliche Regeln der Gastfreundschaft mißachtet hatte.

»Sie trinken doch etwas, Herr Kommissar? Einen kleinen Calvados? Nein? Oder vielleicht ein Glas Bier?«

Lucas war feige. Er hatte nicht den Mut, nach dem köstlichen Bier im ›Castiglione‹ schlechtes, ungekühltes Flaschenbier zu trinken.

»Danke... Ruhen Sie sich aus... Sorgen Sie sich nicht... In ein paar Tagen...«

Klar doch! In ein paar Tagen würde Kommissar Lucas fündig geworden sein, bei all den Mitteln, die ihm zur Verfügung standen. Wieder einmal würde sein Foto auf den Titelblättern der Zeitungen prangen. Und über Inspektor Lognon von der städtischen Polizei verlor wieder mal keiner ein Wort.

»Auf Wiedersehen, mein Bester!«

Als die Tür sich wieder schloß, war Lognon fast zum Weinen zumute. Im Eßzimmer saß La Souris immer noch auf seinem Stuhl, gegenüber dem Kind, das mit einer kaputten kleinen Eisenbahn spielte. Madame Lognon bügelte in der Küche ihre Wäsche und mußte dabei das Bügeleisen zu lange auf einem Wäschestück gelassen haben, denn es roch brenzlig.

»Du kommst mit mir! Auf Wiedersehen, Madame Lognon! Pflegen Sie ihn gut!«

Sie fuhren zusammen im Aufzug hinunter, der Kommissar und der Clochard, wo sie sich notgedrungen hautnah gegenüberstanden. Als der Fahrstuhl im Erdgeschoß ankam, zwang sich La Souris zu einem Lächeln wie über einen gelungenen Scherz und fragte:

»Verhaften Sie mich?«

Und ohne mit der Wimper zu zucken, erwiderte der Kommissar:

»Vielleicht!«

7

Ein Verhör auf die sanfte Tour

Im Taxi sah der Kommissar aus, als dächte er gar nicht mehr an die Anwesenheit des Clochards, der ihm auf dem Notsitz gegenübersaß, obgleich ein Platz auf der Bank frei war.

La Souris musterte ihn verstohlen. Er kannte die Polizei. Er wußte all die Geschichten auswendig, die man sich über die Verhöre bei der Kriminalpolizei und über das berühmte Zimmer der hochpeinlichen Befragung erzählte. Er fragte sich, ob man bei ihm den Trick mit dem Sandwich und dem Glas Bier anwenden oder ob Lucas versuchen würde, ihn auf die sanfte Tour hereinzulegen.

Aber er beherrschte nicht allein die Theorie, sondern er war auch, als er noch als Landstreicher unterwegs war, viele hundertmal verhört worden, von Gendarmen und Kleinstadt-Kommissaren – die waren die Schlimmsten! –, von Polizeibeamten jeden Typs, von trübsinnigen wie Lognon, von spaßigen, die ihm den Ellenbogen in die Rippen stießen, von solchen, die keine Unterschiede zwischen den Menschen machen und einem sofort ihren Tabaksbeutel anbieten …

Die Fahrt durch Paris war allzu kurz, und schon war da das große Portal am Quai des Orfèvres. Mochte auch die Sonne auf den Hof scheinen und eine rotweißblaue

Flagge über dem Eingang flattern, La Souris durchfuhr dennoch ein Schreck, und er konnte ermessen, wie ihm als blutigem Anfänger jetzt zumute gewesen wäre.

Lucas bezahlte den Fahrer, trat durch den Torbogen, wandte sich nach links und drehte sich erst am Fuß der Treppe um, als habe er seinen Begleiter ganz vergessen.

»Mir nach . . .«, sagte er überflüssigerweise, denn La Souris folgte ihm freiwillig.

Munter stieg er die Stufen hinauf, stieß die Tür zur Kriminalpolizei im ersten Stock auf, drückte die Hände zweier Männer, die auf dem Gang auf und ab spazierten – Rechtsanwälte, dachte La Souris.

»Der Chef hat nicht nach mir gefragt?« wandte er sich an den Bürodiener.

»Schon vor einer guten Viertelstunde . . .«

Das Licht, das durch ein Fenster hereinfiel, warf Reflexe auf die Bänke, die mit rotem Samt bezogen waren wie im ›Castiglione‹.

»Bring den guten Mann auf Nummer drei . . .«

Man hätte glauben können, der Clochard sei ihm völlig unwichtig. Er hängte seinen Hut an einen Kleiderhaken, klopfte an die gepolsterte Tür des Chefs, und La Souris, der gern geblieben wäre, mußte dem Bürodiener folgen, der einen großen Schlüssel aus seiner Schublade genommen hatte.

»Hier geht's lang . . . Vorsicht, Stufe!«

La Souris, der die Polizeizellen gewöhnt war, war geblendet von dem kleinen Zimmer mit frisch geweißten Wänden und einem richtigen Fenster, das auf den Innenhof ging. Es gab ein Eisenbett in einer Ecke, einen Tisch, einen Stuhl.

Der Bürodiener zögerte und fragte, mehr aus Gewohnheit, für alle Fälle:

»Sie haben keine Waffen bei sich?«

Und schon war die Tür verschlossen. La Souris setzte sich auf die Bettkante, stützte sein Kinn auf die gefalteten Hände und begann mit einem Mal unwillkürlich zu zittern.

»Im Innenministerium hat ein Essen stattgefunden«, sagte der Leiter der Kriminalpolizei zu Lucas. »Die Herren haben *darüber* gesprochen . . .«

Die Herren, das waren ganz allgemein die Persönlichkeiten aus den hohen Sphären der Politik, Minister, Abgeordnete und möglicherweise Botschafter.

»Das sieht allmählich nach einer regelrechten Invasion aus . . . Ein dritter Schweizer, der den beiden anderen genau gleicht, nur daß er steifer ist und besser gekleidet, ist heute mit der Maschine aus London-Croydon angekommen. Er gehört ebenfalls der Basler Gruppe an und hat sich zusammen mit den beiden anderen in Loems Suite eingeschlossen . . .«

Lucas witzelte:

»Wenn erst alle zwölf da sind! Denn es sind doch zwölf, oder?«

»Ich weiß nicht, ob es zwölf oder dreizehn sind, ich weiß nur, daß sie sehr in Verlegenheit sind, denn das hat mir der Herr Minister erzählt. Man darf nicht vergessen, daß Edgar Loem, ihr Präsident und zugleich der größte Anteilseigner, nicht offiziell tot ist. Es ist also nicht möglich, die Testamentseröffnung vorzunehmen. Es ist statutarisch unmöglich, einen Nachfolger zu bestimmen.

Und es ist durch nichts bewiesen, daß diese Situation nicht noch wer weiß wie lange fortdauert. An der Börse, sowohl in Paris als auch in London, Amsterdam und Brüssel scheint sich dieser mysteriöse Fall auf die Kurse von einem guten Dutzend Gesellschaften auszuwirken...«

Lucas, dem das nicht viel auszumachen schien, fragte:

»Wie lauten die Weisungen?«

»Um jeden Preis die Leiche finden, aber dabei weiterhin höchste Diskretion wahren...«

Er lächelte nicht. Er kehrte in sein Büro zurück, wo zwei Polizeiinspektoren auf ihn warteten, um über das andere Ermittlungsverfahren in der Sache des in einem Pariser Vorort ermordeten Kindes mit ihm zu sprechen.

»Wenn er mich mißhandelt«, so sprach La Souris mit sich selbst, während er nun durch das Fenster auf den menschenleeren Hof hinausblickte, »dann drohe ich ihm damit, mich bei den Journalisten zu beschweren. Und außerdem kann ich jederzeit die Aussage verweigern, wenn man mir keinen Anwalt gibt... Nein! Eine Anwältin! Das ist lustiger, und man wird mehr darüber reden...«

Ihm war heiß. Er hatte Durst. Er führte diese Selbstgespräche, um sich Mut zu machen, denn er hatte auf einmal schreckliche, unbestimmte Ängste. Er lauschte auf die Geräusche im Haus, aber bis auf Schritte, die dann und wann im Treppenhaus ertönten, drang kein Laut zu ihm.

Er sah, wie ein Gefängniswagen auf den Hof gefahren kam. Der Kutscher stieg aus und verschwand aus seinem

Blickfeld, und La Souris dachte, er sei seinetwegen gekommen, um ihn ins Gefängnis zu bringen.

Es kam ihm vor, als sei er schon mindestens zwei Stunden eingesperrt. Warum hatte man ihn noch nicht verhört? Oh, er wußte, warum! Ein Cafékellner, der mit Kokain gehandelt hatte, war mitten im Winter zwei Tage und zwei Nächte lang eingesperrt gewesen, ohne einen Menschen zu Gesicht zu bekommen, und man hatte ihm nicht einmal etwas zu essen gebracht. Als man ihn dann endlich ins Büro des Kommissars geführt hatte, stand dort ein Tablett mit einem riesigen Sandwich und einem Bier. Aber es war der Kommissar, der während des Verhörs aß und trank.

So etwas konnte man ihm auch antun! Oder aber die sanfte Tour, wie man es nannte: ihn ganz behutsam und freundlich ausfragen, so tun, als wolle man ihn nur vor einem Fehltritt bewahren, als sei es in seinem eigenen Interesse ... Die ganze Leier!

Sobald du dann herausgerückt bist und glaubst, jetzt bist du davongekommen, schlägt man einen ganz anderen Ton an und buchtet dich ein!

Plötzlich warf er sich gegen die Tür, denn er sah, daß der Tag zur Neige ging und hatte Angst, die ganze Nacht hierbleiben zu müssen. Er schlug mit den Fäusten und mit dem Fuß dagegen. Niemand antwortete, und La Souris stieß, entgegen seiner Gewohnheit, eine Flut schrecklicher Verwünschungen aus.

Was wußte Kommissar Lucas eigentlich? Und was vor allem, glaubte er, wußte der Clochard?

Mit Lognon hatte er leichtes Spiel. Ihm war La Souris ebenbürtig. Aber mit dem Kommissar?

Erst um acht Uhr wurde die Tür geöffnet, und ein Inspektor kam herein und fragte:

»Was willst du essen?«

»Ist der Kommissar nicht mehr da?«

»Der ist schon vor einer ganzen Weile gegangen!«

»Kommt er nicht zurück?«

»Heute jedenfalls nicht. Also, was willst du essen? Schinken? Wurst?«

»Wurst ist mir lieber..«

»Rotwein, Weißwein?«

»Rotwein!«

Wieder wurde er alleingelassen, dann ging die Tür auf, und der Inspektor, der seinen Hut aufhatte und die Sachen höchstpersönlich eingekauft haben mußte, legte verschiedene Päckchen auf den Tisch: drei schöne Scheiben Schinken, gut zehn Zentimeter Salami von der echten aus italienischem Hause, zwei Liter Rotwein und einen Camembert.

»Bitte sehr! Wenn du nachher das Licht löschen möchtest, den Schalter findest du neben dem Bett...«

»Sagen Sie, Herr Inspektor...«

»Ja?«

»Sie haben nicht zufällig eine Zeitung da?«

Er hatte eine druckfrische in der Tasche und gab sie ihm. Es war fast zu einfach! Und zu üppig! La Souris aß trotzdem, von einer Art Wut gepackt; aß alles auf, den Schinken, die Salami, den Camembert, und blätterte dabei die Zeitung durch.

Unter den Kleinanzeigen, an der gleichen Stelle wie gestern, fand er den Archibald-Text.

Die Mörder wußten also, daß es nicht Lognon war,

der sie interessierte. Sicherlich hatten sie ihn nur deshalb niedergeschlagen, weil er ihnen mit seiner Hartnäckigkeit lästig wurde.

Wen sie bei dem Rendezvous sehen wollten, das war La Souris! Und ganz gewiß hatten sie diesen am Abend des 23. Juni bemerkt!

Sie mußten glauben, der Alte wolle die Brieftasche samt Inhalt für sich behalten. Leute, die ohne Zögern mitten in Paris Loem umgebracht hatten, würden in diesem Fall auch vor einem weiteren Verbrechen nicht zurückschrecken...

Wenn es nicht um das Pfarrhaus ginge...

Ach was! Ganz abgesehen davon, daß Lucas zwar versprechen würde, den Clochard nicht zu belangen, ihn dann aber trotzdem einlochen würde, vielleicht sogar wegen Beihilfe zum Mord!

Er schlief schlecht. Das Haus war voller unbekannter Geräusche. Auf der Treppe kamen und gingen Leute, wie am hellichten Tag. Und irgendwo klingelte alle zehn Minuten ein Telefon.

Am Morgen stand der Gefangenenwagen immer noch im Hof, aber das Pferd war ausgespannt worden.

Um acht Uhr wurde es wieder angeschirrt, und der Wagen blieb halb im Schatten, halb in der Sonne stehen.

Der Bürodiener kam und öffnete gähnend die Tür.

»Was wollen Sie essen?«

»Ich möchte mit dem Kommissar sprechen!« begehrte La Souris auf.

»Der Kommissar ist noch nicht da!«

»Wenn er kommt, sagen Sie ihm, daß ich mit ihm sprechen muß...«

»Wollen Sie in der Zwischenzeit nicht etwas essen?«

Diesmal brachte er Croissants, Milchkaffee in einer Flasche, in ein Stück Papier eingewickelten Würfelzucker.

Das Fenster ließ sich nicht öffnen. Die Sonne knallte voll in die Zelle, und La Souris, dem die Hitze lästig wurde, zog Jacke und Schuhe aus.

Er legte sich hin, stand wieder auf, preßte sein Ohr an die Tür. Dann vergewisserte er sich, daß der Gefangenenwagen immer noch dastand.

Mittags hatte der Kommissar noch immer kein Lebenszeichen gegeben, und diesmal brachte man La Souris, ohne ihn vorher nach seinen Wünschen zu fragen, ein noch reichhaltigeres Proviantpaket als am Abend zuvor, dazu zwei Liter Rotwein.

Wie am Vortag aß er, von einer Art Rachegefühl getrieben, alles auf. Und er trank den ganzen Wein, döste ein, fuhr aus dem Schlaf empor, als die Sonne noch hoch am Himmel stand.

Er spürte, daß ihm schrecklich übel wurde. Seit vierundzwanzig Stunden hatte er seine natürlichen Bedürfnisse nicht befriedigt, und er konnte auch nirgends das dafür bestimmte Örtchen entdecken. Der Rotwein und die Fleischwaren rumorten in seinem Magen.

Das hatte man beabsichtigt, darauf hätte er geschworen! Er fragte sich sogar, ob es nicht irgendwo in der Wand ein kleines Loch gab, durch das man ihn beobachtete.

Wieder warf er sich wutentbrannt gegen die Tür. Derartige Tricks konnte man bei anderen anwenden, bei echten Mördern meinetwegen! Aber nicht bei ihm!

Nicht bei einem, der mit der Polizei seit zehn Jahren gewissermaßen auf du und du stand!

Schuld daran war Lucas, und La Souris haßte ihn von Minute zu Minute mehr. Das Gesicht des Kommissars veränderte sich, wurde hinterhältig und verschlagen. War er überhaupt eines Lächelns fähig? Eine Bestie war er! Kein guter Kerl wie Lognon, der sich darauf beschränkte, wild mit den Augen zu rollen und die dicken Brauen zu runzeln.

Es war doch immer dasselbe! Lognon bekam einen Mordsschlag auf den Kopf. Vielleicht würde er sogar daran sterben. Und wenn etwas aufgedeckt würde, dann würde es der andere sein, der sich aufspielte und womöglich einen Orden einheimste.

Natürlich! Trotzdem war Lognon schlauer gewesen als sie alle. Davon wußte La Souris ein Liedchen zu singen. Denn schließlich kannte La Souris und nur er die Wahrheit. Kein anderer außer ihm durfte sich rühmen, die Leiche gesehen zu haben. Er könnte sie besuchen, diese Leute aus Basel, von denen die Zeitungen schrieben. Er könnte zu ihnen sagen:

»Kaufen Sie mir das Pfarrhaus und setzen Sie mir eine kleine Rente aus... Ich werde Ihnen alles sagen... Oder, wenn Ihnen das lieber ist, werde ich gar nichts sagen...«

Er hatte sie in der Hand. Aber Lucas brauchte gar nicht damit zu rechnen, ihn zum Sprechen zu bringen. Auch nicht mit Wurst und Schinken im Überfluß und flaschenweise edlem Wein!

Konnte man ihm mehr als ein Jahr aufbrummen? Nein! Und dann? Wenn er nur den Mund hielt, würde er den Umschlag und die Dollars wiederbekommen, das Fundamt war verpflichtet, sie ihm auszuhändigen!

Er erstickte fast. Das war wohl auch einer ihrer Tricks. Ebenso wie der Gaul, der seit heute morgen an den Gefängniswagen angeschirrt war und von Zeit zu Zeit mit den Hufen auf den Boden stampfte! Wozu schirrten sie ihn an, wenn er gar nicht gebraucht wurde?

»Nehmen Sie Ihre Sachen!« sagte plötzlich der Bürodiener, indem er die Tür öffnete.

»Ist der Kommissar jetzt da?«

»Weiß nicht.«

Er mußte Schuhe und Jacke wieder anziehen und knurrte dabei:

»Sie werden schon sehen, wie ich es ihm zeigen werde, Ihrem Herrn Kommissar!...«

Er redete weiter mit sich selbst, während er die Stufen hinabstieg und dann im Vorzimmer wartete, das durch ein großes Fenster Licht bekam und in dem vier, fünf Herren in einer Ecke standen und plauderten.

Er versuchte zu verstehen, was sie sagten. Es kam ihm unmöglich vor, daß man über etwas anderes als über seinen Fall redete. Endlich ging eine Tür auf. Ein junger Mann rief La Souris auf und sagte:

»Kommen Sie herein!«

Er trat ins Zimmer, und der junge Mann ging davon und ließ ihn vor dem Schreibtisch stehen, hinter dem Kommissar Lucas saß.

»Setz dich... Hat es dir wenigstens an nichts gefehlt?«

Dem Schreckensbild, das sich der Clochard zuletzt von ihm gemacht hatte, glich der echte Lucas ganz und gar nicht. Zum Lesen setzte er sich eine Brille auf, die ihm etwas Väterliches gab. Er blätterte interessiert in einer Akte.

»Sieh an! Du bist ja wirklich mal jemand gewesen, weißt du das? Ich lese gerade, daß du in deinem Dorf Kantor warst, dann Organist und dann Harmoniumlehrer in Straßburg ...«

»Und Gesangslehrer«, stellte La Souris klar.

»Und was hat dich dazu gebracht, es dir anders zu überlegen? Der Wein?«

La Souris rutschte einen Augenblick auf seinem Stuhl hin und her und sagte dann mit falscher Bescheidenheit und einer kaum verhohlenen Anwandlung von Stolz:

»Die Frauen vor allem!«

»Hattest du eine Affäre?«

»Affären! Und was für welche! Auch daß ich jetzt hier bin, ist die Schuld einer Frau, und das in meinem Alter... Ein anderer, der ein Bild von einem jungen Mädchen findet, hätte es einfach liegenlassen. Mich dagegen hat es sofort interessiert ...«

Er konnte seine Freude kaum verbergen. Es kam ihm vor, als hätte ihm der Kommissar, ohne es zu wollen, den richtigen Weg gewiesen. Wenn er es bei dieser Erklärung bewenden ließ, dann hatte er sich aus der Affäre gezogen.

»Keine Vorstrafen ...«, fuhr Lucas fort, der den Blick kein einziges Mal zu seinem Gesprächspartner hob, sondern in einem fort in den Schriftstücken blätterte, die der andere liebend gern gelesen hätte. »Kommt selten vor bei einem, der seit so vielen Jahren auf der Walze ist ...

Ein paar Hühner- und Hasendiebstähle wirst du aber auf dem Gewissen haben, nehme ich an? ...«

»Wie jedermann!« gab La Souris zurück.

»Wie jedermann, ja!«

Ein Polizist kam herein, legte eine weitere Akte auf den Tisch, und der Kommissar sagte zu ihm:

»Gleich, Janvier! ... Wenn ich mit dem Herrn hier fertig bin, den ich ganz vergessen hatte und der es bestimmt eilig hat, an die frische Luft zu kommen ...«

Man würde ihn also freilassen! Im übrigen sprach Lucas über seinen Fall, als handle es sich um eine ganz nebensächliche Angelegenheit.

Es war schon komisch! Manchmal belustigte La Souris die ganze Polizeizelle, indem er ein Verhör auf die sanfte Tour mimte. Er wußte Bescheid wie kein anderer und kam doch nicht auf die Idee, daß der Polizeibeamte sein Spielchen mit ihm trieb und daß der Inspektor erst hereingekommen war, nachdem Lucas ihn gerufen hatte, indem er diskret auf ein Knöpfchen gedrückt hatte. »Sag den andern, sie sollen auf mich warten ...«

Er sah auf seine Armbanduhr und fügte hinzu:

»Mal sehen ... Jetzt ist es sieben ... In zehn Minuten bin ich da ... Man soll Staori anrufen und ihm sagen, daß wir uns heute abend nicht sehen können ... Und ruft auch meine Frau an und sagt ihr, wir essen heute in der Stadt zu Abend ...«

Nur ungern schien er sich wieder seinem Clochard zuzuwenden, tat, als suche er in den Akten vergebens nach irgend etwas, das er ihm zum Vorwurf machen konnte.

»Wahrhaftig! Wie ich sehe, hast du alle Fragen beantwortet, die man dir gestellt hat. Lognon hat wohl irgendeine Idee gehabt, aber ich komme nicht darauf, was für eine ...«

»Inspektor Lognon ist ein bißchen beschränkt ...«

»Ach ja?«

»Unter uns gesagt, es fehlt ihm an Bildung ... Und so verbohrt er sich in die erstbeste Idee ...«

»Hör mal, La Souris. Du bist ein guter Kerl, stimmt's? Du hast noch nie gesessen und möchtest auch nicht sitzen, nicht wahr? Mir ist da dieser lästige Fall aufgehalst worden, in den hochgestellte Persönlichkeiten aus dem Ausland verwickelt sind ... Kennst du das Gesetz?«

»Welches Gesetz?«

Lucas tat, als suche er im Gesetzbuch und fände sich nicht zurecht.

»Artikel Nummer Soundso ... ist auch nicht so wichtig ... Jeder Staatsbürger, der Zeuge eines Verbrechens wird oder irgend etwas, das mit einem Verbrechen zusammenhängt, vor der Justiz verbirgt, macht sich automatisch mitschuldig und muß genau wie die Täter strafrechtlich verfolgt werden ... Warte, gleich habe ich die Seite gefunden ... Das geht bis zu fünf Jahren Gefängnis ... Was ich sagen wollte ...«

La Souris wurde mißtrauisch.

»Ich wollte sagen, falls du irgend etwas wissen solltest, wie Inspektor Lognon vermutet, dann würdest du doch eine ehrliche Aussage machen ... liege ich da falsch?«

»Nein!«

Der Kommissar blickte auf seine Armbanduhr und

zeigte leichte Ungeduld. Er stand auf, als sei die Sache erledigt.

»Lognon, der Ärmste, hat mir gerade eine verzwickte Geschichte über einen gewissen Archibald erzählt ... Ich habe kein Wort davon begriffen ... Kennst du einen Archibald?«

»Nein!«

»Was das auch für ein Name ist ... Wie kann man sich nur Archibald nennen ... Warum nicht gleich Alcibiades oder Sesostris!«

Er lachte, und La Souris rang sich ihm zuliebe ebenfalls ein Lachen ab. Es klopfte an der Tür. Wieder war es der Polizist von vorhin.

»Eine Dame fragt nach Ihnen ...«

Der Kommissar wandte sich an den Clochard und sagte:

»Bin gleich wieder da ...«

Und La Souris blieb allein, widerstand der Versuchung, sich über den Schreibtisch zu beugen und sich die berühmte Akte anzusehen. Das war vielleicht auch einer dieser Tricks, von denen er so trefflich zu erzählen wußte. Nun jedoch, da er selbst davon betroffen war, verloren sie all ihren Reiz.

Auf den Schriftstücken lag eine auf der Seite mit den Kleinanzeigen aufgeschlagene Zeitung, und eine der Anzeigen war dick mit Blaustift umrahmt. *Archibald ...*

Der Kommissar kam schon zurück, während der Clochard die Zeitung noch in der Hand hielt. Er zeigte sich weder überrascht noch zornig. Ganz im Gegenteil!

»Ach ja! Du bringst mich da auf eine Idee«, warf er

gutgelaunt hin. »Mein Abendessen in der Stadt lasse ich dann eben sausen ... Wir werden mit leerem Magen ins Theater gehen müssen ...«

Er tat, als überlege er hin und her und redete sich selbst zu:

»Warum auch nicht? ... Hör zu ... Die Polizei gewährt dir jetzt schon so lange Nacht für Nacht kostenlos Unterkunft, da kannst du ihr auch mal einen kleinen Dienst erweisen ... Zumindest hier bist du doch hoffentlich gut behandelt worden? Lognon hat sich auf diese Annonce versteift. Er vermutet, daß sie wer weiß welches Geheimnis verbirgt, und ich bin verpflichtet nachzuprüfen, was dahinter steckt. Wenn ich einen meiner Polizisten hinschicke, wird er sofort erkannt ... Wir werden zusammen hingehen ... Du wirst den ›New York Herald‹ in der Hand halten und von Tisch zu Tisch gehen, so als ob du deinem Broterwerb nachgingst ... Was hast du denn?«

»Ich? Nichts!«

»In einer Stunde bist du frei ... Warte ...«

Der Kommissar setzte seinen Hut auf, rief einen seiner Mitarbeiter, dem er mit leiser Stimme Anweisungen gab.

»Komm mit ... Wir lassen das Taxi zweihundert Meter vor dem ›Fouquet's‹ anhalten ... Du hast doch nicht etwa Angst?«

Mit trockener Kehle brachte La Souris heraus:

»Glauben Sie, die werden mir nichts tun?«

»Wer? ... Außerdem werden dich zwei meiner Leute beschützen ...«

»Was soll ich sagen?«

»Gar nichts ... Wenn dich jemand anspricht, dann ist das bestimmt der Typ, nach dem wir suchen ...«

»Ich habe noch nicht zu Abend gegessen!« wandte der Clochard unbeholfen ein.

»Ich auch nicht! Wir essen nachher unterwegs ...«

Er war nach Strich und Faden hereingelegt worden! Noch dazu von Lucas, der sich jetzt im Taxi keine Mühe mehr gab zu lächeln, von Lucas, der ihn barsch anfuhr: »Was bibberst du denn so? Meine Güte, man könnte ja meinen, du hast kein reines Gewissen!«

»Vor allem muß in Erfahrung gebracht werden, ob er das Kind anerkannt hat«, sagte der Herr aus Basel, dessen Haut an eine Orange erinnerte. »Wenn Sie einverstanden sind, werde ich diese Frau aufsuchen. Ich werde ihr eine Rente anbieten, sagen wir fünfzehntausend Francs jährlich.«

»Ich halte es für besser, die Testamentseröffnung abzuwarten«, entgegnete Oosting, an dessen Zigarre, die er vorsichtig zwischen seinen wurstförmigen Fingern hielt, die Asche drei Zentimeter lang war.

»Welche Frist ist hier in Frankreich einzuhalten, um eine Verschollenheitserklärung zu bekommen?« wollte derjenige der drei wissen, der aus London gekommen war, wo er die Interessen der Gruppe vertrat.

»Heute abend treffe ich unseren Anwalt. Ein Jahr, nehme ich an ...«

»Und wenn er nicht tot ist?«

Daraufhin ließ sich Oosting, entgegen aller Tradition nicht nur seiner Familie, sondern auch der Basler Gruppe, vom Zorn hinreißen, schlug mit der Faust auf den Tisch und opferte dabei seine prachtvolle Zigarrenasche.

»Irgendwo muß die Leiche doch sein!«

Der aus London, der etwas phlegmatischer war, murmelte:

»Die Leiche, nun ja... Aber das Auto! Apropos, ich habe gerade das Schreiben der Werkstatt gesehen, die den Preis für das Auto einfordert. Fünfzigtausend Francs...«

»Geben Sie zwanzigtausend! Mehr ist es nicht wert... Oder geben Sie am besten überhaupt nichts... Den Schaden muß die Versicherung decken...«

Sie waren alles andere als fröhlich, diese Herren. Sie hatten soeben die Bestandsaufnahme sämtlicher Schriftstücke abgeschlossen, die sie im ›Hôtel Castiglione‹ gefunden hatten. Sie hatten nichts außer acht gelassen, nicht einmal die Briefmarkensammlung, die sie am Nachmittag einem Experten anvertraut hatten.

Eine der am schwersten zu beantwortenden Fragen war die, ob Loem im Augenblick seines Verschwindens einen größeren Geldbetrag bei sich gehabt hatte oder nicht, denn abgesehen von seinen zahlreichen Bankkonten hatte der Finanzmann stets auch eine bestimmte Menge Bargeld in dem gleichen Schrank liegen, in dem er seine Briefmarken verwahrte.

Man hatte zehn Fünfhundert-Dollar-Scheine und acht Tausend-Francs-Scheine darin gefunden. Müller, der als mustergültiger Angestellter auf leisen Sohlen hin und her eilte, wußte nicht zu sagen, ob der Sekretär gewöhnlich mehr Geld enthielt.

Was ihn betraf, so stand sein weiteres Schicksal fest.

Für den 12. Juli war für ihn ein Platz auf dem Postschiff nach China reserviert.

Man schloß ihn nicht aus der Belegschaft der Gesellschaft aus, aber man schickte ihn in die Ferne, ob vorübergehend oder für immer, das wußten oder entschieden allein diese Herren.

Einmal war ihnen in der Hotelhalle ein Ausländer mit blassem Teint über den Weg gelaufen, aber sie hatten sich nicht einmal die Frage gestellt, wer das sei. Sie wollten Staori und seine Tochter ignorieren, die in Berlin ihre Zeit auf dem Postamt verbrachte und auf postlagernde Nachrichten wartete.

»Denken Sie nach! Sie brauchen nicht sofort zu antworten. Sind Sie sicher, daß sie nichts gegen die Gesellschaft in der Hand hat?« So hatte man Müller gefragt, in einem Ton, dem anzuhören war, wie schwerwiegend die Frage war. »Sie hat in Ihrem Büro nicht etwa Einsicht in gewisse Dokumente nehmen können? Haben Sie ihr nichts anvertraut, was uns schaden könnte?«

»Nichts, außer Loems Liaison, von der ich ihr erzählt habe, weil er immer mit einer gewissen Verachtung auf sie herabblickte ...«

»Denken Sie nach! Erteilen Sie uns die Antwort heute abend ...«

Müller hatte sie soeben erteilt. Sie lautete:

»Nein!«

Und die Herren wußten, daß er ehrlich war, daß von dieser Seite nichts zu befürchten war. Er konnte also nach China gehen, und man durfte Staori Vater und Tochter, diese kleinen Intriganten, vergessen.

»Morgen kümmern Sie sich um diese Frau, Gade!«

Diese Frau, das war Lucile Boisvin.

»Bevor Sie sie aufsuchen, gehen Sie ins Rathaus ihres Bezirks und erkundigen sich wegen des Kindes ...«

Das Gewitter drohte. Der Himmel hatte sich zugezogen. An den weit offenen Fenstern blähten sich die Gardinen, und es wurde so dunkel, daß man überall die Lampen anschaltete.

Die drei Männer jedoch rauchten, in ihre Sessel versunken, immer noch im Halbdunkel, das ebenso gedämpft war wie ihre Gespräche.

Das Taxi hielt genau in dem Augenblick gegenüber vom ›Jour‹ auf den Champs-Elysées, als die ersten Regentropfen, groß wie Hundert-Sous-Stücke, auf den Asphalt klatschten. Gleichzeitig fuhr ein Windstoß über die Avenue, der die Passanten zerzauste, und feiner Staub jagte dicht über den Boden.

Lucas, der von seinem Posten aus die Terrasse des ›Fouquet's‹ sehen konnte, blieb im Auto sitzen, nachdem er zu La Souris gesagt hatte:

»Geh! ...«

Er machte sich Sorgen. Zwar hatte er an einer Ecke der Terrasse einen seiner jungen Inspektoren erkannt, dessen Foto noch in keiner Zeitung erschienen und der somit noch nicht »verbrannt« war.

Das Unwetter aber scheuchte die Gäste auf, und sie zogen sich unter den Schutz der Markise zurück. Die Folge davon war ein wildes Gedränge, in dem La Souris mit seiner Zeitung in der Hand leicht untergehen konnte.

Nie hatte der Alte das linke Bein so sehr nachgezogen.

Es war ein Wunder an Instinkt oder an Gewohnheit, daß er sich nach einem bereits durchnäßten Zigarettenstummel bückte.

Was sollte er tun? Er wußte, daß der Kommissar Vorsichtsmaßnahmen getroffen hatte. Koste es, was es wolle, er mußte auf der Terrasse umherirren, und seine einzige Chance war, daß es die Mörder, wie schon am Abend zuvor bei Lognon, für klüger hielten, sich nicht zu erkennen zu geben.

Vorsorglich hielt er die Zeitung so, daß man den Titel nicht lesen konnte, aber das war eine List, mit der Lucas nicht einverstanden gewesen wäre.

Nur noch wenige Meter... Ihm war fast, als wäre er ins Wasser gesprungen... Er ging blindlings auf die Tische zu, sagte ein erstes Mal:

»Haben Sie nicht zwei Francs für mich, damit ich ein Gläschen trinken kann?«

Daß er an drei Tischen nicht einen Franc einheimste, war der Beweis dafür, daß der Ton die Musik macht, ganz besonders in diesem Metier! Allerdings machten sich die Leute hauptsächlich um das Gewitter Gedanken und wie sie nach Hause kommen würden, falls der Regen andauern sollte. Der Pikkolo hatte alle Hände voll zu tun, freie Taxis anzuhalten, die eilends das Verdeck hochklappten.

»Hätten Sie nicht zufällig zwei Francs übrig, damit ich...«

Er musterte die Gäste und manchmal zuckte er unwillkürlich zurück, als fürchte er, einen Schlag auf den Kopf zu bekommen wie Inspektor Lognon.

Es könnte ja sein. Und wenn man ihn schlicht und einfach beseitigen wollte, um zu verhindern, daß er etwas ausplauderte?

»Pardon, meine Herrschaften... Vierzig Sous für einen armen Clochard, der seit zwei Tagen nichts getrunken hat. Für einen armen Clochard, der seit zwei Tagen nichts mehr getrunken hat...«

Diesmal bekam er seine vierzig Sous. Er war an den jungen Inspektor geraten, der nicht so elegant war wie die Stammgäste des Lokals. Aber war er von der Polizei, oder war er einer der Mörder?

Er kam ans Ende der Terrasse. Gleich würde er die Avenue George v überqueren, wo er, da Lucas ihn dort nicht sehen konnte, seinen Schritt beschleunigen würde und somit gerettet wäre.

An einem kleinen runden Tisch saßen zwei Männer. Sie ließen den Alten herankommen, ohne das leiseste Interesse an ihm zu zeigen. Neben ihnen standen Leute und warteten auf ein Taxi. La Souris wollte vorbeigehen.

Und schon war es passiert! So schnell, daß er nicht wußte, wie ihm geschah. Es war das erste Mal, daß ihm Handschellen angelegt wurden, und es war ein scheußliches Gefühl für ihn, das Schloß an den Handgelenken zuschnappen zu hören, den harten Druck zu spüren, der sich den ganzen Arm hinaufzog.

»Polizei«, hatte einer der beiden nur gesagt und die Menge beiseite geschoben.

Sie zerrten den Alten buchstäblich hinter sich her, der entsetzt um sich sah, ob ihm nicht irgend jemand zu Hilfe käme.

Sekunden später hatte er das Trottoir überquert,

landete fast mit Schwung auf dem Trittbrett eines Autos, dessen Tür sich hinter ihm schloß.

Einer der beiden Männer saß rechts, der andere links von ihm. Das Auto startete, und die Gäste des ›Fouquet's‹ hatten den Zwischenfall schon vergessen.

Nur ein bereits etwas in Vergessenheit geratenes Filmsternchen fand:

»Was sind das doch für brutale Kerle!«

8

Eine Nacht am Telefon

Über den Asphalt der Champs-Elysées sah man das Wasser fließen, in dem sich ein Himmel spiegelte, der selbst graugrün wie eine Wasserpfütze war. Farben und Schattierungen gab es nicht mehr: nur Schwarz und Weiß, schwarze, die Trottoirs entlanghastende Schatten, schwarze, über die in einen Bach verwandelte Fahrbahn gleitende Autos.

Der Mann, der rechts von La Souris saß und ihm die Handschellen angelegt hatte, beugte sich nach vorn, öffnete das Fenster, das ihn vom Fahrer trennte, und sagte nur: »Vorwärts, Lili! Nichts wie durch!«

Denn ein Schutzmann hatte am Rond-Point gerade das Stoppzeichen gegeben. Das Auto raste an ihm vorbei. Man hörte drei, vier Pfiffe, die gebieterisch klingen sollten, aber in einem komischen Quietschen endeten, weil Wasser in die Trillerpfeife des Schutzmanns eindrang.

»Die Quais, Lili!«

Der Mann war dunkelhaarig, stämmig und muskulös, mit einer platten Boxernase. Seelenruhig, als säße er beim Belote, kümmerte er sich um alles, blickte nach vorn, blickte nach hinten, belauerte La Souris, der zwei-, dreimal versucht hatte, sich umzudrehen.

»Sag mal, Alter! Bist du etwa nicht allein gekommen?«

Lili, der Fahrer, mochte knapp neunzehn sein. Als er vor dem Louvre angelangt war, verlangsamte er das Tempo, um Anweisungen entgegenzunehmen.

»Weiter, weiter! Fahr aus Paris hinaus, wo du willst ...«

Der Mann mit der Boxernase fixierte eindringlich La Souris, dann beobachtete er die hinter ihnen fahrenden Autos.

»Hast du meine Frage nicht gehört? Ich habe dich gefragt, ob du allein warst!«

»Ja doch!«

»Siehst mir aber ganz so aus, als würdest du lügen!«

In Wirklichkeit hörte La Souris ihm kaum zu, antwortete mechanisch, so sehr war er darauf bedacht, rasch zu einer Entscheidung zu gelangen. Denn nun war der Augenblick gekommen, da sein Schicksal sich entscheiden würde und es nicht nur sein Pfarrhaus, sondern vielleicht sogar seine Haut zu retten galt.

Das Auto kam ins Schleudern, streifte eine Straßenbahn, schlingerte über die Place du Châtelet, kam wie durch ein Wunder wieder auf die Räder, während Lili unerschütterlich am Steuer saß und der Boxertyp immer noch nachdenklich war.

»Ich sehe niemanden«, murmelte der Kumpan von Boxernase, nachdem er lange durch das Rückfenster hinausgespäht hatte.

»Paß weiterhin auf ... Was ist denn das für ein Taxi?«

»Das ist aus der Rue de Rivoli gekommen.«

»Bist du sicher?«

»Ganz sicher. Ich habe es an der Samaritaine herausfahren sehen ...«

War Kommissar Lucas hinter ihnen oder nicht? Das war die erste Frage, die La Souris sich stellte. Danach mußte er sich überlegen, was er am besten sagte. Daß die Polizei eine Falle gestellt hatte und der Alte wider Willen als Köder gedient hatte?

Riskant. Der Typ rechts war ein Draufgänger, der wohl nicht zögern würde, alles aufs Spiel zu setzen. Schon hatten sie Paris mit Rekordgeschwindigkeit durchquert und würden bald an die Porte d'Italie kommen. Wenn die drei Männer sich verfolgt fühlten, würde es zu einer Verfolgungsjagd auf der regenglatten Straße und zweifellos zu einem Schußwechsel kommen...

»Bist du sicher, daß keine Bullen in deiner Nähe waren?«

»Ich habe keine gesehen!« entgegnete La Souris, wobei er die ganze Treuherzigkeit, deren er fähig war, in seine Stimme legte.

Der andere schien ihm zu glauben. »Wir werden sehen«, knurrte er.

Dann, an Lili gewandt:

»Fahr weiter! Mach einen Bogen um Paris und fahr bei Saint-Denis oder Pantin wieder in die Stadt hinein...«

»Mir tun die Hände weh!« stöhnte der Clochard, dem die Fesseln die Handgelenke wund scheuerten. »Ihr seid wohl gar nicht von der Polizei?«

»Stell dich nicht so dumm, alte Kanaille!«

Bäume und Felder im strömenden Regen. Gerührt blickte der Elsässer auf eine Kuh, die am Straßenrand stand.

Vor dem Kerl zu seiner Linken hatte er keine große Angst. Im übrigen hatte er das Gefühl, ihm schon ziemlich oft auf den Champs-Elysées begegnet zu sein.

Im Gegensatz zum Boxer war er groß und weichlich, mit schütterem Haar, gekleidet mit der Eleganz eines heruntergekommenen Gentleman, was ihm den Spitznamen »Graf« eingetragen hatte. Ihm schien kaum wohler zu sein als dem Alten, und jedesmal, wenn er den Blick ins Wageninnere wandte, rief der andere ihn zur Ordnung:

»Du sollst nach hinten schauen!«

»Wir werden bestimmt nicht verfolgt ...«

»Und du antworte ...« Boxernase begann sich nun ernsthaft mit La Souris zu befassen. Das Auto fuhr immer weiter. Der Rücken von Lili, der sich am Zigarettenanzünder eine Zigarette ansteckte, bewegte sich nicht.

»Die Brieftasche ...«

»Welche Brieftasche ...?«

Der Alte hatte noch keine Entscheidung getroffen. Was er jetzt hätte wissen müssen, war vor allem, ob Lucas hinter ihnen war oder nicht. Aber wie hätte dieser mit einem gewöhnlichen Taxi einem Auto folgen sollen, das unter Mißachtung sämtlicher Verkehrsregeln durch die Stadt gesaust war und jetzt immer noch mit hundert Sachen über den wie ein See spiegelnden Asphalt rollte?

»Sag mal, Fred«, ließ Lili sich vernehmen, ohne sich umzudrehen.

»Ich höre!«

»Wie wär's, wenn wir den Alten noch eine halbe Stunde spazierenfahren würden, bevor wir in die Stadt zurückkehren? Verstehst du? Nur für den Fall, daß wir ihn härter anfassen und ihn loswerden müssen ...«

Er hatte dies in ganz normalem Ton gesagt, wobei ihm die Zigarette die ganze Zeit an der Unterlippe hing. Sein Komplize überlegte und stimmte schließlich zu.

»In Ordnung!«

Während der Graf nervös wirkte, zeigten sich die beiden anderen völlig ruhig, und derjenige, der gerade mit Fred angesprochen worden war, kniff La Souris plötzlich in den Arm und sagte:

»Wo ist die Brieftasche?«

»Ich schwöre euch ... Au!«

»Du hast wohl immer noch nicht begriffen, was? Bildest du dir ein, wir lassen uns mit deinem lächerlichen Theater abspeisen? Und warum bist du übrigens nicht früher gekommen?«

»Ich wußte nicht ...«

»Hattest du die Anzeige nicht gelesen?«

»Nein!«

»Bist du der, der mit dem Inspektor gequatscht hat?«

»Mit Lognon? Nie im Leben! Wenn Sie das glauben, dann täuschen Sie sich ...«

Da ja kein Auto hinter ihnen herfuhr ... Es war inzwischen Nacht geworden. Nichts war weniger tröstlich als dieser vorbeiziehende Landschaftsausschnitt im Scheinwerferkegel. Seit Lilis Überlegungen konnte La Souris ein Bild nicht mehr verscheuchen: er sah das Auto irgendwo anhalten, vorzugsweise an einem kleinen Wäldchen. Und Fred wollte mit Lilis Hilfe gerade seine Leiche in ein Gebüsch werfen, wo es Wochen dauern konnte, bis man sie finden würde.

Hatten sie sich nicht in der gleichen Weise Loems entledigt? Und stand in der Zeitung nicht oft etwas von alten Leuten, die irgendwo im Wald tot aufgefunden werden?

La Souris hatte schreckliche Angst, und dennoch konnte er sich noch nicht entschließen, von dem Gedanken an sein Pfarrhaus endgültig Abschied zu nehmen.

»Was hast du mit der Brieftasche gemacht?«

»Ich war es nicht!« erwiderte er in dem Augenblick, da man ihn bis aufs Blut zwickte. »Sie tun mir weh!« stöhnte er. »Tun Sie mir nicht mehr weh, ich flehe Sie an...«

Automatisch drehte er sich zum Grafen um, denn auf dessen Seite spürte er Unbehagen, vielleicht sogar Mitleid.

»Sagen Sie ihm doch, er soll Ruhe geben, Monsieur! Wenn ich irgendwas wüßte, würde ich es sagen. Seit über einer Woche verfolgen mich alle mit dieser Geschichte... Wenn ich Ihnen doch sage, daß Sie sich irren! Was sollte ein armer alter Mann wie ich für ein Interesse daran haben, zu lügen?«

Jedesmal, wenn er ein Dorf oder ein Auto sah, bekam er Herzklopfen. Dort, ganz in der Nähe, waren Menschen, die frei waren! Eine Kleinigkeit würde genügen, eine Panne, Benzinmangel...

Der Graf mußte seinem Kumpel einen vorwurfsvollen Blick zugeworfen haben, denn Fred erklärte entschieden:

»Ich sage dir doch, ich erkenne ihn wieder! Du glaubst doch wohl nicht, daß ich mich von so einem Trottel verschaukeln lasse! Lili...«

»Ja!«

»Fahr schnell nach Hause... Dort können wir in Ruhe plaudern...«

Er machte es sich in der Ecke des Sitzes bequem, zündete sich eine Zigarette an und beschränkte sich darauf, von Zeit zu Zeit ein paar knappe Sätze von sich zu geben:

»Denk nach... Laß dir nur Zeit... Aber eins merke dir, irgendwann wirst du es ausspucken müssen...«

Langes Schweigen. Man kehrte durch die Porte de Charenton nach Paris zurück. Der Graf sah immer noch durchs Rückfenster, und Fred mußte nachgedacht haben, denn er fragte seinen Kumpel:

»Bist du sicher, daß du beim ›Fouquet's‹ keinen Bullen aus unserer Bekanntschaft gesehen hast?«

»Das hätte ich doch gesagt...«

»Gut!«

Aber Fred war nicht zufrieden. Er war mürrisch und schien einen unangenehmen Verdacht zu hegen. In Paris übernahm er höchstpersönlich den Beobachtungsposten am Rückfenster, ließ Lili einige Umwege fahren, und schließlich hielt das Auto am oberen Ende der Rue Blanche.

»Du kümmerst dich um den Wagen, Lili!«

»Alles klar!«

»Und du, wenn du anfängst zu schreien...«

Und als Warnung bohrte Fred sein Messer einen halben Zentimeter tief in La Souris' Schenkel.

Das am selben Abend vor einem Kino in der Rue du Colise gestohlene Auto wurde am Boulevard Rochechouart stehengelassen. Dann kam Lili in aller Ruhe zu

Fuß in die Rue Blanche zurück, während jetzt ein feiner Nieselregen niederging und es ganz danach aussah, als wollte er die Nacht andauern. Lili setzte sich in eine Bar an der Straßenecke, von wo aus er die Tür des Gebäudes sehen konnte, das die drei anderen betreten hatten.

Was La Souris betraf, der war jetzt splitternackt. Und man hätte meinen können, er wolle jeden Augenblick in Schluchzen ausbrechen.

Die Wohnung umfaßte nur zwei Zimmer und eine kleine Kammer, die als Küche diente. Der Graf hatte Brot und Schinken aus einem Wandschrank geholt und aß, wobei er so tat, als gehe ihn das, was um ihn herum geschah, überhaupt nichts an.

Da es trotz des Regens immer noch heiß war und man das Fenster hatte schließen müssen, hatte Fred seine Jacke abgelegt. Mit der pedantischen Gründlichkeit eines Beamten vom Erkennungsdienst hatte er jede einzelne Naht an den Kleidern des Clochards untersucht und die Vorsicht so weit getrieben, die Sohlen der Schuhe aufzuschneiden und die Absätze abzureißen.

Das Zimmer enthielt nur wenige Möbelstücke: ein Bett, einen Tisch und Stühle, einen Spiegelschrank. Die Wohnung war vermutlich möbliert gemietet worden, und nebenan war ein kleiner Salon mit abgewetzten Teppichen und Sesseln mit verblichenen Stoffbezügen.

Ein Wecker auf dem Nachttisch zeigte elf Uhr, als Fred seufzend von seinem Stuhl aufstand, auf La Souris zuging, der schützend den Arm hob – aber zu spät. Der andere hatte ihm die Faust mitten ins Gesicht plaziert. Die Nase begann zu bluten, das linke Auge schwoll an.

»Wie starrköpfig du sein kannst! Was muß man denn

noch alles anstellen, damit du endlich begreifst? Kannst du ihm nicht klarmachen, daß wir nicht für ihn gearbeitet haben, Graf? ... Die Brieftasche!«

Wieder hob sich die Faust. Beim Anblick seines eigenen Blutes fühlte sich der Alte einer Ohnmacht nahe.

»Warten Sie ... Ich sage es Ihnen ...«

»Wird auch Zeit ... Also los!«

»Also, äh ... Ich weiß nicht, wo sie ist.«

»Wie bitte?«

»Nein! ... Warten Sie ... Ich sage die Wahrheit ... Ich weiß nicht, wo sie im Augenblick ist ... Ich wagte nicht, sie in der Tasche zu behalten, weil ich jede Nacht im Kittchen schlafe und es vorkommen kann, daß man mich filzt ...«

»Wo ist sie?«

»Unter ... unter der Sitzbank in einem Autobus, der zu den Rennen fährt ...«

Fred runzelte die Brauen, während der Graf zu essen aufhörte.

»In welchem Bus?«

»Morgen zeige ich es Ihnen ...«

»Klar doch! Und du glaubst, wir fallen darauf herein? Ach was, du Halunke! Warte nur, ich bringe dich schon zum Reden ...«

La Souris konnte nicht mehr. Er war empört über Lucas, der ihn so im Stich gelassen, ihn den Mördern auf Gedeih und Verderb ausgeliefert hatte.

»Warten Sie! Ich gebe Ihnen mein Ehrenwort, daß es wahr ist ... Es ist ein alter blauer Bus, der an der Porte Maillot untergestellt wird. Auf die Motorhaube ist ein Storch gemalt ...«

»So einen habe ich schon gesehen«, bestätigte der Graf.

»Bist du sicher? Dann mach, daß du zur Porte Maillot kommst ... Dem Wachmann bindest du irgendein Märchen auf.«

Erleichtert nahm der Graf seinen Hut und ging zur Tür.

»Einen Moment noch!« schrie La Souris, der schreckliche Angst hatte, mit dem Rohling allein zu bleiben.

»Was gibt's denn noch?«

»Die Brieftasche ist leer ... oder fast leer.«

»Mach keine Witze!«

Man glaubte ihm nicht. Der Graf wartete mit dem Hut auf dem Kopf und der Hand an der Türklinke und kaute am letzten Bissen seines Sandwichs.

»Was hast du mit dem gemacht, was darin war?«

»Ich habe es auf dem Fundbüro abgegeben ...«

»Auf dem Fundbüro ...«

Fred begriff nicht, legte die Stirn in Falten und stand auf, bereit, erneut zuzuschlagen, aber der Graf trat dazwischen.

»Warte ... Vielleicht sagt er die Wahrheit ...«

»Dann soll er es erklären!«

»Ich wagte nicht, soviel Geld zu behalten. Man hätte mich verhaftet. Ich habe der Polizei vorgemacht, ich hätte es gefunden ... Und wenn es innerhalb eines Jahres nicht abgeholt wird ...«

Schade darum! Aber nun galt es, die eigene Haut zu retten! Es galt neue Schläge zu verhindern und aus diesem Zimmer herauszukommen, das er, so kam es ihm vor, sonst nicht lebend verlassen würde.

Und doch hegte er tief im Hinterkopf trotz allem noch geheime Hoffnungen. Die Gangster würden es nicht wagen, im Fundbüro vorstellig zu werden und das Geld abzuholen! Wer weiß, ob er nicht doch ...?

»Bist du entschlossen, alles auszuspucken, offen und ehrlich?« knurrte Fred, der nun wohl auch genug hatte.

»Ich schwöre, ich werde die ganze Wahrheit sagen!«

»Da, zieh deine Hosen wieder an! Sonst siehst du gar zu häßlich aus!«

Damit warf er ihm die Kleider hin und ging auf ihn zu, nicht um ihn zu schlagen, sondern um ihm die Handschellen abzunehmen.

»Aber wohlgemerkt, du bist noch nicht aus dem Schneider... Putz dir die Nase! Graf! Bring ihm ein feuchtes Handtuch!«

La Souris, dem schon viel wohler war, seit er angezogen war, glaubte irrtümlicherweise, nun sei der Augenblick gekommen, da er wieder seine kleine Schau abziehen konnte, und murmelte vor sich hin:

»Wenn Sie mir gleich gesagt hätten, daß Sie Gentleman sind und daß ...«

»Keine Ablenkungsmanöver! Jetzt sag mal! Was hast du beim Fundbüro abgegeben?«

»Die Dollars... ich habe sie in einen Umschlag gesteckt ...«

»Alle?«

Er war versucht zu schummeln, aber Freds Blick hinderte ihn daran.

»Bis auf einen Schein jeder Währung... Verstehen Sie? Auf diese Weise hätte jemand, der den Umschlag zurückverlangt, nicht den genauen Betrag nennen können, und man hätte ihm den Umschlag nicht gegeben ...«

Er zwinkerte kläglich mit den Augen. Es verfing nicht.

»Und was hast du mit dem Rest gemacht?«

»Mit welchem Rest? Da waren nur noch ein Foto und drei Karten für den Luna-Park ... Das Foto hat mir Lognon geklaut. Damit hat ja alles angefangen ...«

»Und der Brief?«

»Ein Brief war nicht dabei. Ich schwöre Ihnen, und diesmal bin ich wirklich ehrlich, der Umschlag war leer.«

»Hast du ihn weggeworfen?« schrie Fred in plötzlicher Panik.

»Nein ... er ist noch in der Brieftasche ...«

Fred zog den Grafen in eine Ecke, redete eine Weile leise auf ihn ein, dann ging der Graf und ließ die beiden anderen unter vier Augen zurück.

La Souris faßte wieder Zuversicht und fragte sich, wie er aus der Situation einen Vorteil für sich herausschlagen könnte.

»Ich will Ihnen einen guten Vorschlag machen ... Wenn Sie mir nur versprächen, einen armen alten Mann nicht noch einmal zu schlagen, der nicht mehr lang zu leben hat ...«

Fred hörte nicht hin. Er hatte den Vorhang einen Spalt aufgemacht und sah auf die Straße hinaus, wo das monotone Geräusch des Regens zu hören war.

»Es ist wegen der Dollars ... So wie die Dinge stehen, sind sie für jeden so gut wie verloren ... Ich dagegen kann sie in einem Jahr abholen, und wenn Sie mir einen kleinen Anteil garantieren würden ... Gerade so viel, daß ich mir ein kleines Häuschen in meinem Dorf kaufen kann, jetzt wo die Polizei hinter mir her ist und mir Unannehmlichkeiten machen will ...«

Kein Wort von Fred, der weiter hinausspähte. Hinter den Fenstern der Bar an der Ecke konnte er die Silhouette von Lili sehen, der dort Wache schob. Er war immer noch ruhig, nur eine Spur von Besorgnis lag in seinem Blick.

»Wann bist du endlich mit deinem dummen Gequatsche fertig«, seufzte er.

»Wie Sie wünschen ... Ich dachte nur ...«

»Halt die Schnauze!« schrie Fred, der genug hatte. Trotz der späten Stunde war irgendwo im Haus ein Grammophon oder ein Radio zu hören. Erst jetzt bemerkte La Souris, daß auf dem Tisch im Salon ein Telefon stand, und ihm fiel ein, daß er unauffällig die Nummer der Kriminalpolizei wählen könnte, wenn er näher dran wäre.

»Ich möchte etwas trinken«, verkündete er auf gut Glück.

Der andere deutete auf den Wasserhahn in der Küche. Aber auf dieser Seite gab es keinen Ausgang, und La Souris mußte so tun, als tränke er Leitungswasser.

Lucas hatte wie Fred seine Jacke ausgezogen, er hatte fast den gleichen harten und düsteren Blick wie der Gangster und schnauzte seine Mitarbeiter genauso grob an wie dieser.

Es war in keiner Weise so gelaufen, wie er es sich erhofft hatte, und er hatte improvisieren, den Schlachtplan ändern müssen, und auch jetzt noch konnte man das Spiel verlieren.

Erstens war die Entführung La Souris' mit beachtlicher Geschwindigkeit vonstatten gegangen. Zwar hatte ganz in der Nähe ein Einsatzfahrzeug der Polizei geparkt, aber es hatte kaum Zeit gehabt, sich aus dem Getümmel der Taxis hinauszuschlängeln.

Dann das Gewitter, dieser sintflutartige Regen, der den ganzen Verkehr in Paris durcheinanderbrachte.

Lili, der ein großes Auto fuhr, hatte davon profitiert, zumal ihm der Gedanke, einen Fußgänger über den Haufen zu fahren, gleichgültig war. Aber der Kleinwagen der Kriminalpolizei konnte bei diesem Tempo nicht mithalten.

Lucas hatte sich deshalb nicht zum Quai des Orfèvre, sondern zum Polizeipräsidium fahren lassen.

Dort saß er immer noch, in Hemdsärmeln, die Pfeife zwischen den Zähnen, in dem geräumigen Zimmer im zweiten Stock, das gewissermaßen das Gehirn der Polizei ist, denn der Telegraf verbindet es mit sämtlichen Polizeidienststellen, und eine Leuchttafel an der Wand neben der Telefonzentrale zeigt jeden Anruf bei der Bereitschaftspolizei an.

Die drei Fenster zum Hof standen weit offen, und im Lichtschein sah man das Wogen des schräg fallenden Regens, manchmal hörte man auf dem Platz vor Notre Dame ein Auto hupen.

Zweimal schon war der Direktor der städtischen Polizei, dessen Wohnung gleich nebenan auf dem gleichen Flur war und der an diesem Abend Gäste hatte, neugierig herübergekommen, um den letzten Stand zu erfahren. Und der Polizeipräsident, der am anderen Ende des Gebäudes saß, rief jede Viertelstunde an.

Zu dieser Zeit – es war elf Uhr abends – konnte man sagen, daß es Glückssache war, wie die Sache ausgehen würde.

Lucas hatte alles getan, was in seiner Macht stand. Er hatte nicht die kleinste Möglichkeit, über die er verfügte, außer acht gelassen.

Was man ihm hätte vorwerfen können – und im Falle eines Scheiterns würde man es ihm sicher vorwerfen –, war, daß er La Souris geopfert und die beiden Männer nicht schon in dem Augenblick verhaftet hatte, als sie den Bettler auf der Terrasse des ›Fouquet's‹ ansprachen.

Die Zeitungen würden sich darüber entrüsten und mit ihnen die sogenannten rechtschaffenen Leute. Nur die vom Fach würden Verständnis haben.

Von fern hatte Lucas den Grafen ganz genau erkannt, der mindestens schon vier Vorstrafen hatte, wenn auch nur leichte Strafen wegen ungedeckter Schecks und Betrugs.

Seine Beteiligung an dieser Sache hatte Lucas nachgerade verwirrt, denn er kannte den Mann und konnte sich kaum vorstellen, daß er in eine Angelegenheit verwikkelt war, bei der es eine Leiche gab.

Beim zweiten lag der Fall anders, obwohl er in Frankreich noch keine Strafe auf seinem Konto hatte. Fred, der vermutlich sizilianischer Herkunft war, hatte vier oder fünf Jahre in Amerika gearbeitet, zur Zeit des Alkoholschmuggels, und seit er in Paris war, hatte man ihm nichts Bestimmtes vorwerfen können, es sei denn sein Auftreten und sein Umgang.

Hätte man diese Individuen in dem Augenblick verhaften sollen, als sie La Souris die Handschellen anlegten? Und dann? Sie waren beide fähig, den Mund zu halten, der eine wie der andere. Man würde also nichts gegen sie erreichen als bestenfalls eine Verurteilung zu drei Monaten wegen Amtsanmaßung.

La Souris hatte ein Geheimnis! Kurz und gut, Lucas' Hintergedanke war der, daß die beiden Banditen über Mittel verfügten, den Alten zum Sprechen zu bringen, die er als Kommissar der Kriminalpolizei nicht anwenden durfte.

Die Polizei besteht nicht aus Chorknaben, wie ein berühmter Polizeipräsident einmal gesagt hat.

Und Lucas konnte ja, als er den Plan ausheckte, nicht vorhersehen, daß das Gewitter gerade im entscheidenden Moment niedergehen und seine Leute daran hindern würde, der Spur des Autos zu folgen.

Von da an war nichts mehr versäumt worden, und nicht ohne Grund hatte der Kommissar seinen Gefechtsstand hier in diesem Raum aufgeschlagen, in dem so viele Telefon- und Telegrafendrähte zusammenliefen.

Die Nummer des Autos war übrigens in weniger als drei Minuten an die gesamte französische Polizei durchgegeben worden, und schon eine Viertelstunde später meldete die Dienststelle im achten Arrondissement, der Wagen habe die Porte d'Italie passiert.

Um halb neun bezog ein Polizeiinspektor Posten in der Halle eines Hotels in der Avenue de Wagram, wo der Graf wochenweise ein Zimmer gemietet hatte.

Zwei weitere Inspektoren fragten das Personal der

Bars an den Champs-Elysées und an der Place de l'Etoile über Fred aus, während ein Wachtmeister in das Haus in der Rue Blanche trat und sich eine Etage unter der Wohnung des Sizilianers auf eine Treppenstufe setzte.

Zweimal meldete die Gendarmerie von Villeneuve-Saint-Georges die Durchfahrt des Autos, das in dieser Gegend vermutlich eine Schleife gefahren war. Das Polizeiauto, das einer derart wilden Fahrt nicht gewachsen war, war in den Heimathafen zurückgekehrt und wartete, besetzt mit vier Mann und dem Fahrer am Steuer.

Alle Pariser Polizeireviere hatten nicht nur die Beschreibung des Autos, sondern auch die seiner Insassen. Kein Polizist auf den Straßen, der die Passanten nicht mit scharfem Blick gemessen hätte!

Weiterhin warteten vor zwanzig Polizeirevieren zwanzig mit Polizisten vollgepfropfte Einsatzfahrzeuge der Bereitschaftspolizei.

»Immer noch nichts, Herr Polizeipräsident. Sie sind jetzt bei Villeneuve-Saint-Georges, und es sieht so aus, als wollten sie nach Paris zurückkehren ...«

Für den Fall, daß sie noch weiter fahren würden, waren die entsprechenden Polizeistationen alarmiert, ebenso wie die kleinen Ortschaften der Departements Seine, Seine-et-Oise und Seine-et-Marne.

Lucas hatte nicht einmal ein belegtes Brot gegessen. Auch ihm war der Gedanke an das Wäldchen gekommen, wo die Gangster La Souris' leblosen Körper in ein Gebüsch werfen könnten.

Aber dieses Risiko mußte er jetzt eingehen. Mehr als das, was er getan hatte, konnte er nicht tun.

Er wußte, daß Staori genau um diese Zeit in Gesellschaft seines Landsmannes und dessen Frau, die ein wunderbares Geschöpf war, in einem Boulevardtheater saß.

Von den Herren aus Basel lag einer, nämlich Oosting, im Bett und schlief. Der aus London war in einer englischen Bar an der Rue Daunou, wo er sich, was man von ihm gar nicht erwartet hätte, einsam den Freuden des Whiskys hingab. Was Orangenhaut betraf – der hatte sich doch wahrhaftig einen Platz in der ersten Reihe der Folies-Bergère gesichert.

Das alles konnte dem Kommissar, der die Vorsicht so weit getrieben hatte, sich zu vergewissern, daß Lord Archibald Landsburry einem Empfang in der japanischen Botschaft beiwohnte, nicht einmal ein Lächeln entlocken.

Und alles bei diesem durchdringenden Regen, der immer mehr so aussah, als wolle er auch nachts nicht aufhören, ein Regen, der draußen ein wenig Abkühlung brachte, die Hitze der ganzen letzten Tage aber in die Wohnungen drückte, in denen die Pariser keinen Schlaf fanden.

Plötzlich eine ganze Flut von Anrufen, die Lämpchen leuchteten eins nach dem anderen auf, so daß die Gespräche an drei Apparaten gleichzeitig abgenommen werden mußten und der Direktor der städtischen Polizei seine Gäste verließ, um Lucas beizustehen.

Als erstes meldete sich die Rue Picpus, aus der verkündet wurde, daß der Wagen soeben durch die Porte de Charenton nach Paris zurückgekehrt sei, dann die Wache am Quinze-Vingt-Hospital, die ihn in gemäßigtem Tempo über die Avenue Daumesnil fahren sah.

Danach, Schlag auf Schlag, Folie-Méricourt und die Wache am Saint-Louis-Hospital.

Das Auto hielt also wieder auf Montmartre zu. Keiner der Polizisten wußte zu sagen, ob außer dem Fahrer noch immer drei lebende Menschen im Wageninneren saßen.

Der letzte Anruf dagegen kam von Wachtmeister Janvier, dem Beamten, der auf der Treppe in der Rue Blanche Posten bezogen hatte. Hinter seiner Stimme war Grammophongedudel zu hören.

»Ich bin in der darunterliegenden Wohnung«, erklärte er, »bei einer ganz reizenden Dame... Ich mache Musik, damit man mich oben nicht hört... Hallo! Seid ihr noch da? Sie sind gekommen... Der Fahrer ist mit dem Auto wieder weggefahren... Ich gehe jetzt gleich ins Treppenhaus hinaus... Schickt mir jemanden her...«

Und schon meldete Rochechouart:

»Wir haben gerade das Auto gefunden, ohne Insassen, in der Nähe der Place d'Anvers. Was sollen wir damit machen?«

Lucas antwortete dem Polizeipräsidenten, der von seiner Wohnung aus anrief:

»Ich glaube, wir schaffen es!«

Er hatte seit ein Uhr mittags nichts mehr gegessen. Er leerte die Bierflasche eines der Telefonisten, der sich für den Nachtdienst immer Proviant mitbrachte.

»Einen Wagen an die Ecke Rue Mansart/Rue Blanche...«, befahl Lucas. »Und einen an die Ecke Rue Moncey.«

Auf diese Weise sperrten sie den Teil der Rue Blanche ab, in dem die Gangster gefangengenommen werden sollten.

Der Befehl war kaum durchgegeben, als erneut Wachtmeister Janvier anrief.

»Der große Dicke ist jetzt auch weggegangen ... Der Alte ist mit Fred allein ...«

Diesmal brach man einen Rekord. Lucas erteilte der Dienststelle Saint-Georges vorsichtshalber die Weisung, ein *sicheres* Taxi in die Nähe des Hauses zu schikken. Das Taxi war so sicher, daß ein Inspektor in Zivil seinen Hut gegen eine Schirmmütze vertauschte und als Kumpel neben dem Fahrer Platz nahm.

Da dank des Regens die Taxis am Platz allesamt zu den Theatern abkommandiert waren, kam der Wagen gerade recht und wurde vom Grafen angehalten.

»Porte Maillot«, rief er, bevor er sah, daß jemand neben dem Fahrer saß.

Trotz alledem würde man bis zuletzt nicht sagen können, daß das Spiel gewonnen war. Einer der Beamten, die am Nachmittag für alle Fälle Weisung bekommen hatten, sich um die Herren aus Basel zu kümmern, rief voller Stolz über seine Entdeckung an und berichtete, daß Gade, der Herr mit der Orangenhaut, sich in der Pause im Folies-Bergère von einem Schlepper hatte verführen lassen, der ihm laszive Tänze in einem Lokal in der Nähe des Theaters in Aussicht gestellt und ihn in ein wohlbekanntes *Haus* geführt hatte.

»Na sowas!« knurrte Lucas.

»Soll ich weitermachen?«

Keine Antwort. Der Kommissar war schon am nächsten Apparat.

»Hallo! Er ist gerade in eine Werkstatt an der Porte Maillot gegangen. Was soll ich tun?«

»Abwarten, und wenn er wieder gegangen ist, den Wachmann fragen, um was es geht...«

In solchen Situationen werden die Minuten lang. Daß Janvier aber auch kein Lebenszeichen mehr gab!

»Hallo! Ich bin es nochmal... Er ist gerade weg und läßt sich in die Rue Blanche zurückfahren. Deshalb dachte ich, ich bräuchte nicht mitzukommen...«

Die Rede war immer noch vom Grafen. Der Anruf kam von der Porte Maillot.

»Der Wachmann steht hier neben mir. Er sagt, der Mann habe nach einem Autobus gefragt, der immer zu den Rennen fährt und einen Storch auf der Motorhaube hat...«

»...«

»Dieser Bus ist vor zwei Tagen nach Vichy geschickt worden, wie jedes Jahr in der Saison...«

»...«

»Was soll ich jetzt machen?«

Lucas hatte wieder einmal aufgelegt und verlangte ein Gespräch mit dem Sonderkommissar von Vichy. Er drehte sich zu einem seiner Mitarbeiter um.

»Wenn du ihn an der Strippe hast, dann sagst du ihm, er soll den blauen Bus mit dem Storch auf der Motorhaube beschlagnahmen und versiegeln lassen...«

Er schlüpfte in seine Jacke und suchte nach seinem Hut.

»Du und du... Jawohl, ihr beiden kommt mit mir in die Rue Blanche...«

Das Auto wartete im Hof auf sie, und die Wachhabenden hielten ihnen die Türflügel zum Platz vor Notre Dame auf.

Während der sieben Minuten dauernden Fahrt auf dem nassen Straßenpflaster sah Lucas aus, als sei er eingedöst.

9

Die Odyssee der Madame Lognon

Als einer der Telegrafisten aus dem Zimmer trat, um die Toilette aufzusuchen, entdeckte er im Treppenhaus eine aufgelöste, ratlose Frau. Denn genau diesen Eindruck machte Madame Lognon mit ihrem klatschnassen Kostüm, ihrem vom Regen durchweichten Hut und ihrem ängstlichen Blick.

»Was ist denn mit Ihnen?« fragte der Angestellte.

»Kommissar Lucas, bitte?«

»Sie müssen ihm über den Weg gelaufen sein. Er ist gerade gegangen ...«

Weiter dachte der Telegrafist nicht, und so blieb sie einfach im Treppenhaus stehen. Wenn sie Lucas verfehlt hatte, dann deshalb, weil sie seit über einer halben Stunde durch das leere Gebäude des Polizeipräsidiums irrte, ganz allein mit den numerierten Türen Hunderter leerer Büros an kilometerlangen, von Nachtlampen beleuchteten Gängen. Drunten hatte man, nachdem man gehört hatte, wer sie war, zu ihr gesagt:

»Nehmen Sie die dritte Treppe links am Ende des Hofs, hinter der Palisade ...«

Ganz bestimmt hatte sie die falsche Treppe genommen! Und als sie nach so langem Suchen endlich auf ein menschliches Wesen stieß, verschwand es sofort wieder, ohne sich weiter um sie zu kümmern.

»Du gibst ihm eigenhändig meinen Brief, koste es, was es wolle!« hatte ihr Mann zu ihr gesagt.

Er hätte sich für seine Inspiration auch einen anderen Abend als diesen aussuchen können! Den ganzen Tag hatte man kein Wort zu ihm sagen dürfen, immer hatte er nur geantwortet:

»Ich denke nach.«

Schon das hatte Madame Lognon schlechte Laune verursacht. Vor allem, weil er nicht allein dachte. Alle naselang brauchte er irgend etwas, einen Bleistift, einen Zettel, die Zeitung von gestern, die von vorgestern, ein Telefonbuch, das seine Frau in einem Café holen mußte...

Dann, gerade als das Gewitter niederzugehen drohte, erklärte er:

»Du gehst jetzt zu deinem Bruder...«

»Zu Francis?«

Genau. Zu Francis, der Lehrer war und in Issy-les-Moulineaux wohnte.

»Du borgst dir von ihm den Band des Großen Larousse, auf dem der Buchstabe L steht...«

»Muß das wirklich sein?«

»Was würdest du dazu sagen, wenn ich zum Kriminalbeamten ernannt würde?«

Madame Lognon brachte den Kleinen zu einer Nachbarin, denn sein Vater vertrug nicht den geringsten Lärm.

»Der Schlag auf den Kopf hat ihn noch unausstehlicher gemacht«, vertraute sie Francis an, der das Buch in drei Lagen Papier einwickelte.

Und alles nur, damit Lognon sich seiner knapp fünf

Minuten lang bediente und dann daranging, einen Brief zu schreiben.

»Du brauchst dich gar nicht erst auszuziehen. Du wirst zur Kriminalpolizei gehen ... Dort fragst du nach Kommissar Lucas und gibst ihm diesen Brief ... wenn er nicht da ist, fragst du nach seiner Privatadresse.«

Pech für ihren Sohn, der ohne Essen ins Bett mußte! Bei der Kriminalpolizei weit und breit kein Lucas! Aber man gab ihr seine Adresse in der Nähe der Porte de Versailles.

Dort dann das Gewitter, aber kein Kommissar. Wieder zurück zur Kriminalpolizei und schließlich dieses gräßliche Polizeipräsidium, wo alle Gänge gleich aussahen und alle Treppen sie in das gleiche Labyrinth führten.

Jetzt hatte sie genug und sie setzte sich auf die zweite Stufe, um ihre Beine auszuruhen.

Eine Viertelstunde später war sie immer noch da und horchte mechanisch auf das Klingeln der Telefone. Dann konnte sie irgendwelche Stimmen wahrnehmen, aber sie versuchte gar nicht zu verstehen, was sie sagten.

Ein Zufall kam ihr zu Hilfe. Statt auf kürzestem Weg über seine eigene Treppe zu gehen, benutzte der Direktor der städtischen Polizei beim Hinausgehen die der Bereitschaftspolizei. Als er die Tür öffnete, erblickte er die dort sitzende Frau und runzelte die Brauen.

»Was wollen Sie denn hier?«

»Ich habe einen dringenden Brief für Kommissar Lucas.«

»Geben Sie her! Ich bin gerade auf dem Weg zu ihm ...«

Doch sie schüttelte den Kopf.

»Mein Mann, Inspektor Lognon, hat mir ausdrücklich aufgetragen, ihn nur eigenhändig zu übergeben ...«

Achselzuckend brummte er:

»Kommen Sie mit!«

Denn Lucas hatte ihm am Telefon eben gesagt, er sei bei der Kriminalpolizei am Quai des Orfèvres, und zwar *mit den Vögeln.*

Und da der Polizeipräsident auf Neuigkeiten erpicht war, schickte er den Direktor hinüber, damit dieser sich die Sache ansehe.

Keine zehn Personen hatten etwas bemerkt, obwohl um diese Zeit gerade die Theater und Kinos zu Ende waren. Allerdings ist dieser Teil der Rue Blanche auch ziemlich öde und verlassen.

Zeugen waren vor allem die drei Männer, die mit dem Wirt der kleinen Kneipe, in der Lili Wache hielt, Karten spielten. Irgendwann war der junge Mann aufgestanden und hatte sich in die Telefonkabine eingeschlossen. Durch die dünne Trennwand hörte man seine Stimme.

»Hallo! Bist du es, Fred? Paß auf, die Bullen! Soll ich türmen?«

Während er noch sprach, traten lautlos zwei Polizeiinspektoren in das Bistro, gaben den Gästen ein Zeichen, sich still zu verhalten, und horchten an der Tür.

»Sie haben einen Wagen bemüht, ja! Der Graf hat uns verpfiffen, denke ich ... Ja ... Gut! Du kannst dich auf mich verlassen ...«

Er öffnete die Tür, erfaßte die Situation auf den ersten Blick, schnellte mit einem Satz vor, so daß einer der Polizisten zu Boden ging.

Der zweite jedoch hechtete ihm zwischen die Beine, packte ihn am linken Fuß, während Lili wutentbrannt in seine Tasche griff und einen glänzenden Gegenstand hervorzog.

Das trug ihm einen Knüppelhieb mitten ins Gesicht ein, der ihm die Oberlippe aufriß, sodann legte man ihm Handschellen an.

Fred, der keine achtzehn mehr war, benahm sich weit würdiger. Nach Lilis Anruf legte er gelassen den Hörer auf die Gabel und sah La Souris an, der neugierig geworden war.

»Es ist nichts... Ein Freund von mir...«, sagte er. »Warte einen Augenblick...«

Dann ging er zur Tür, öffnete sie, vermied es, die Treppenbeleuchtung in Betrieb zu setzen, und ging im Dunkeln lautlos die Treppe nicht hinunter, sondern hinauf. Ihm war, als habe er drunten Geräusche gehört. Je weiter er hinaufkam, desto mehr beeilte er sich, und plötzlich erstarrte er, denn er war mit der Brust gegen etwas Hartes, nämlich den Lauf eines Revolvers gestoßen.

»Wohin willst du?« sagte eine Stimme im gleichen Augenblick.

»Ich? Wohin ich will?«

Noch während er diese Worte aussprach, hatte er die Lage erfaßt und eine Entscheidung getroffen.

»Ach du liebe Güte, ich glaube, ich habe mich in der Etage geirrt. Ich habe Ihnen doch nicht wehgetan?«

»Runter mit dir...«

Damit knipste der Inspektor die Lampen an, zog mit einer vertrauten Handbewegung den Revolver hervor, der Freds Tasche ausbeulte. Die beiden Männer waren erst wenige Stufen hinabgestiegen, da kamen ihnen auch schon Kommissar Lucas und zwei Polizisten entgegen, die ebenfalls im Treppenhaus auf der Lauer gelegen hatten.

Lucas öffnete selbst die Wohnungstür, nachdem er zu einer beunruhigten Nachbarin gesagt hatte:

»Gehen Sie nur wieder hinein... Es passiert überhaupt nichts...«

Das Komischste war, daß La Souris, der nichts mitbekommen hatte, aber ungewohnte Geräusche hörte, sich hinter einem Vorhang versteckt hatte, unter dem nur seine Füße hervorlugten.

»Komm heraus!«

»Endlich werde ich befreit...«, brummte er und kam hervor. »Wird aber auch Zeit! Was für ein Gesicht hätten Sie gemacht, wenn Sie mich nicht mehr lebend angetroffen hätten?«

»Auf geht's! Wozu denn gleich das ganze Haus aufscheuchen!«

Kaum zwei, drei Wohnungstüren wurden einen Spalt weit geöffnet. Einige Augenblicke später fanden sich die drei Männer zwischen Polizisten eingekeilt im Auto wieder. Aber das Auto fuhr noch nicht los. Man wartete. Keine zehn Minuten waren vergangen, da hielt ein Taxi vor dem Haus, und der Graf stieg aus, flankiert von zwei Polizeiinspektoren.

»Vollzählig!« verkündete Lucas. »Zum Quai des Orfèvres...«

Er hatte gerade mit der Zentrale telefoniert, wo er einen Teil des Abends zugebracht hatte.

»Hallo! Geben Sie mir Vichy, sobald der Anruf von dort kommt ... Melden Sie dem Polizeipräsidenten, daß ich hier bin mit meinen Schätzchen ...«

Diesem Telefonanruf hatte es Madame Lognon zu verdanken, daß sie endlich von ihrem tristen Aufenthalt auf der Treppenstufe befreit wurde. Sie kam in Begleitung des Direktors der städtischen Polizei, den sie nicht kannte und der ein kleinwüchsiger, hagerer Mann mit Kinnbart war. Wieder Treppen und Gänge. Alles verwaist, spärlich beleuchtet, nach Nachtdienst riechend.

Die Polizeiinspektoren, die bei den Verhaftungen mitgewirkt hatten, hatten ihre Jacken zum Trocknen aufgehängt. Gerade hatte man in der ›Brasserie Dauphine‹ angerufen, um Bier heraufschicken zu lassen.

»Wo ist Kommissar Lucas?« fragte der Direktor.

»In seinem Büro ...«

Er war nicht allein. Vor ihm standen die vier Männer, La Souris, Fred, der Graf und schließlich Lili mit seiner aufgeplatzten Lippe. Der Direktor setzte sich ohne ein Wort in eine Ecke. Madame Lognon war hinter ihm hereingekommen, und Lucas sah sie verdutzt an.

»Was machen Sie denn hier?«

»Ich bringe einen Brief von meinem Mann ... Erkennen Sie mich nicht?«

Nein! Er erkannte sie nicht und war mit ganz anderen Problemen beschäftigt.

»Ich bin die Frau von Inspektor Lognon, und hier ist der Brief ...«

Die Ärmste! Was würde sie zu hören bekommen,

wenn sie nach Hause käme und ihrem Mann sagen würde, daß der Kommissar gerade drei Gefangene verhörte, deren einer La Souris war, und daß sie nicht einmal auf die Idee gekommen war zu warten!

Denn lautlos, wie sie gekommen war, ging sie wieder, und beinahe hätte sie sich ein zweites Mal auf den Gängen verlaufen!

Lucas las den Brief zweimal und reichte ihn dann mit einer mechanischen Geste dem Direktor der städtischen Polizei:

Sehr geehrter Herr Kommissar,

In der Einsamkeit meines Krankenlagers ist es mir möglicherweise gelungen, das Geheimnis von Archibald zu durchschauen, das für mich von Anfang an der springende Punkt und zugleich der dunkle Punkt in der ganzen Affäre gewesen ist. Folgendes habe ich aus der Enzyklopädie Larousse, Ausgabe von 1913, abgeschrieben, die mir mein Schwager freundlicherweise geliehen hat:

»Sir Archibald C. Landsburry (1824–1887), berühmter englischer Botaniker.

Archibald C. Landsburry (1851–1914), Sohn des Obengenannten, Vizegouverneur von Indien, 1903 zum Lord geadelt.«

Lucas drehte das Blatt um, in der Erwartung, lange Erläuterungen vorzufinden. Doch Inspektor Lognon schloß mit den schlichten Worten:

In der Hoffnung, daß Ihnen diese Informationen von Nutzen sein mögen, bitte ich Sie, Herr Kommissar, den Ausdruck meiner vorzüglichen Hochachtung entgegenzunehmen.

Lucas legte das Papier auf den Schreibtisch, rief einen seiner Männer und sprach leise mit ihm. Wenige Augenblicke später waren Fred, Lili und der Graf getrennt in den Räumlichkeiten der Kriminalpolizei eingesperrt, während La Souris Unruhe zu zeigen begann.

»Haben sie dich geschlagen?« fragte Lucas so natürlich wie möglich und deutete dabei auf die Nase des Alten, die immer noch geschwollen war.

»Wenn sie mich nicht umgebracht haben, dann ist es jedenfalls nicht Ihre Schuld!«

»Pah! Die hätten dich lieber noch übler zurichten sollen! Dann könntest du dich jetzt auf der Sanitätsstation kurieren lassen, statt ins Gefängnis zu kommen.«

»Ins Gefängnis?«

»Na klar! Du mußt zugeben, du hast es verdient. Habe ich mit dir nicht erst heute hier in diesem Büro über einen Artikel des Strafgesetzbuchs gesprochen, in dem es um Mittäterschaft an einem Mord geht?«

Einen Augenblick lang hätte man glauben können, es sei soweit, und der Clochard würde singen. Auf den Boden starrend, dachte er nach, doch als er den Kopf wieder hob, lächelte er und sagte leise:

»Das zieht bei mir nicht!«

»Wie du willst. Ich nehme also zur Kenntnis, daß du nichts zu sagen hast, ja?«

»Was sollte ich auch sagen?«

»Du bist nicht Zeuge irgendeines gesetzwidrigen Akts gewesen und warst in keiner Weise an Handlungen beteiligt, die den Zweck haben, die Spuren von Verbrechern zu verwischen?«

»Ich bin müde«, seufzte La Souris.

»Bestens ... Du wirst ein Bett bekommen ...«

Es sollte bekümmert klingen. Der Kommissar hob die Stimme nicht. Es war, als erledige er ohne Überzeugung irgendwelche Formalitäten.

»Janvier! Bringen Sie La Souris in eine Zelle ... Und man soll ihm ein feuchtes Handtuch geben, damit er sich das Gesicht abwischen kann ...«

Für einen Augenblick war er mit dem Direktor allein und ließ sich zu einem Seufzer hinreißen. Das genügte. Die beiden Männer verstanden sich. Es würde hart werden, sehr hart!

Jeder legte ein anderes Verhalten an den Tag. Lili, der als erster zu Lucas hineingeführt wurde, gab sich spöttisch und anmaßend.

»Was ich in dem Auto tat? Ich bin spazierengefahren, was sonst? Darf ich das vielleicht nicht?«

Und so ging es weiter, bei allen Fragen!

»Archibald? Kenn ich nicht! Ein Name zum Davonlaufen ist das ...«

»Wovon leben Sie?«

»Finden Sie nicht, daß ich gut genug aussehe, um mich durchzuschlagen?«

Als Fred an der Reihe war, gab er seine Personalien an und nannte als Beruf:

»Damenmasseur und Lehrer für Körperkultur ...«

Fred war ruhiger, und sein Blick war ebenso finster wie der des Kommissars. ›Probier es ruhig‹, schien er zu sagen.

Das Köstlichste war, daß er das fortsetzte, was man die Diplomatentour hätte nennen können, denn er verkündete:

»Ich möchte Sie vor allem darauf hinweisen, daß Sie sich gegenüber dem Botschafter meines Landes werden rechtfertigen müssen. Denn es dürfte Ihnen wohl nicht entgangen sein, daß ich Staatsbürger der Vereinigten Staaten von Amerika bin ...«

Hatten doch auch die Herren aus Basel den Gesandten ihres Landes bemüht! Und Staori hatte den seinen zum Innenminister geschleppt!

»Warum hast du heute abend im ›Fouquet's‹ La Souris festgenommen?«

»Ich werde in Anwesenheit meines Anwalts antworten.«

Nichts zu machen. Man muß abwarten!

Blieb nur noch der Graf, der sich allerdings weniger aufspielte als die anderen.

»Dich, mein Kleiner«, sagte Lucas in verändertem Ton, »dich erkenne ich nicht wieder... Bisher hatte ich dich immer für einen klugen Jungen gehalten, der zwar dann und wann in meinem Büro oder in dem eines meiner Kollegen auftauchte, aber soviel Geschmack bewies, sich die Finger nicht schmutzig zu machen ...«

Er wirkte erbarmenswert, dieser allzu elegante große Junge, der den Kopf gesenkt hielt und krampfhaft nach einer Verteidigung suchte.

»Sich mit jemand wie Fred einlassen, wenn man so

gebildet ist wie du und in den elegantesten Lokalen verkehrt! Jetzt hast du die Bescherung, nicht wahr, mit einer Leiche am Hals!«

»Was hat Fred gesagt?«

»Er hat natürlich alles zugegeben! Was hätte er denn tun sollen? Nun da man die Leiche gefunden hat ...«

»Das ist nicht wahr!«

»Was ist nicht wahr?«

»Alles, was Sie erzählen ... Und außerdem haben Sie gar kein Recht, mich zu verhören. Ich werde vor dem Untersuchungsrichter aussagen ...«

»Wie du willst!«

Das hatte er alles vorhergesehen. Lucas kannte seine Pappenheimer, und als sie jeder in einem anderen Raum eingesperrt waren, war er leicht beunruhigt.

»Hallo! Hat Vichy noch nicht nach mir gefragt?«

»Noch nicht.«

»Dann gehe ich jetzt einen Happen essen. Und Sie, Herr Direktor, können dem Polizeipräsidenten sagen, was Sie gesehen und gehört haben ... Morgen früh bekommt er meinen Bericht ...«

Ein schrecklich schwieriger Bericht würde das werden, und er versuchte den Gedanken daran beiseite zu schieben, während er in einer Brasserie am Châtelet kalten Braten aß. Es regnete immer noch, ein eintöniges, zunehmend feines Nieseln, und auf der Straße waren die letzten Regenschirme dieser Nacht zu sehen.

Bald würden die Straßen menschenleer und finster sein wie Kanäle ...

»Hallo! Ja. Warten Sie, ich notiere. Eine Fünfhundert-Dollar-Note, ein Hunderter, ein... Und der Briefumschlag? Leer, sagen Sie?... Weiß ich doch! Was mich interessiert ist, wie er aussieht... Wie jeder andere Briefumschlag? Ah! Alt ist er also... Sehr alt, richtig! Und fällt Ihnen nichts Besonderes daran auf? Na endlich! Jetzt haben Sie's! Aber nein, Herr Kommissar, ich mache mich nicht über Sie lustig... Sagen Sie mir nur die Farbe der Briefmarke... Blau?... Von der Insel Hawaii? Schön, das ist alles, was ich wissen wollte... Sie versiegeln das Ganze, selbstverständlich... Haben Sie einen Tresor?«

Er drehte sich zu Wachtmeister Janvier um, der mit ihm aufgeblieben war.

»Bring mir den Grafen!«

Diesem hatte man Krawatte und Schnürsenkel abgenommen, was seiner Eleganz ein wenig Abbruch tat.

»Du brauchst dich gar nicht erst zu setzen. Lohnt sich nicht. Ich will nur eine kleine Auskunft von dir: Handelst du immer noch mit seltenen Briefmarken? Du bist doch derjenige, der damals vor drei Jahren Ärger bekommen hat, nachdem falsche Briefmarken aus ich weiß nicht mehr welchem Land entdeckt worden waren, stimmt's?«

»Es endete mit Freispruch!«

»Mir doch sch... egal! Sag mal... Gibt es eine hawaiische Briefmarke von ungefähr Mitte des vergangenen Jahrhunderts, die ziemlich viel wert ist? Antworte! Ach was, ich will dich nicht hereinlegen, du Trottel! Wenn du mir nicht antwortest, wird mir jemand anders weiterhelfen...«

»Es gibt die Hawaii 1851, die an die vierhunderttausend Francs wert ist ...«

»Ist sie blau?«

»Sie ist blau, ja ... Es sind nur ungefähr zehn Exemplare davon bekannt, von denen sehr wenige in gutem Zustand sind ...«

»Danke ... Du kannst wieder schlafen gehen ...«

»Ich bin frei?«

»Nicht doch! In die Zelle schlafen gehen, meine ich. Apropos ...«

Der andere hatte schon die Hand auf der Türklinke.

»Du hast mir wohl nichts mehr zu sagen?«

Der Graf zögerte, bevor er antwortete, und sagte fast bedauernd:

»Nein, nichts ...«

... und das ist die Erklärung für die mysteriöse Erwähnung Archibalds, schrieb der Kommissar eifrig.

Es war drei Uhr morgens. Dicke Wassertropfen fielen auf das Fensterbrett. Die Seine floß unter tief hängenden Wolken dahin, die ab und zu einen klaren Mond enthüllten.

Janvier schlief auf einem Stuhl. Die leeren Bierflaschen standen auf dem Schreibtisch.

... Der Graf, der seine Laufbahn als Finanzmakler begonnen hat und ein rechtschaffener Mann hätte werden können, hat Fred in den Bars der Champs-Elysées kennengelernt. Wahrscheinlich eine bloße Trink-, Würfel-, Poker-Kameradschaft.

Bis sein Geständnis vorliegt, müssen wir uns auf Vermutungen beschränken, folgende jedoch erscheinen plausibel, zumal sie zu den Charakteren der Personen passen.

Edgar Loem, dessen Briefmarkensammlung ein Vermögen wert sein muß (der zweite der Herren aus Basel hat sie nach Begutachtung durch einen Sachverständigen in einem Bankschließfach deponiert!), besaß zwei Exemplare der berühmten Hawaii 1851, eins davon auf einem Kuvert, das damals an Sir Archibald Landsburry adressiert war, den englischen Botaniker, der sich mit der Flora des Pazifik befaßte.

Wahrscheinlich hat Loem versucht, diese Briefmarke, die er doppelt hatte, gegen eine andere zu tauschen oder sie sogar zu verkaufen, und hat eine Annonce in einer Philatelistenzeitschrift aufgegeben.

Hat die Lektüre dieser Annonce den Grafen auf die Idee zu irgendeiner Betrügerei gebracht? Dies ist so gut wie sicher, und ebenso sicher ist, daß er mit Fred darüber gesprochen hat.

Von diesem Augenblick an war der Plan gefaßt. Die Verhandlungen wurden über Annoncen oder auf irgendeinem anderen Weg abgewickelt (morgen werden wir Genaueres darüber wissen). Wahrscheinlich hat man Loem keinen einfachen Tausch vorgeschlagen, sondern einen Tauschhandel, bei dem er einen bestimmten Betrag drauflegen mußte. (Wachtmeister Janvier, der selbst Hobby-Briefmarkensammler ist, sagt, es gäbe noch viel wertvollere Briefmarken, unter anderem die rote Ein-Penny-Marke der Insel Mauritius, die bei fünf- bis sechshunderttausend Francs notiert). Dies entspräche dem Betrag, den Loem bei sich hatte, als er sich zu dem Treffen begab. Es entspricht auch der Mentalität von Fred, der vermutlich die Idee hatte, sich den Betrag in Dollar auszahlen zu lassen.

Lucas, dem heiß war, machte Durchzug, indem er im benachbarten Büro, dem des Chefs der Sittenpolizei, Tür und Fenster öffnete.

Bei diesem Treffen wurde der Finanzier in seinem eigenen Wagen ermordet. Der Ausführende war mit großer Sicherheit Fred, und man darf davon ausgehen, daß der Graf, wenn er überhaupt dabei war, diese Methode nicht gutgeheißen hat, denn ich kenne seine Feigheit.

Stand Lili Schmiere? Muß noch geklärt werden.

Sicher ist, daß die Mörder durch das Erscheinen La Souris' gestört wurden und daß der Clochard auf irgendeine Weise in den Besitz der Brieftasche gelangt ist.

Lucas weckte Janvier.

»Lauf mal rüber zur Ecke Faubourg Montmartre, dort wo das Bistro die ganze Nacht offen ist, und bringe eine Flasche Cognac mit ...«

Bei diesem Bericht mußte alles bedacht werden, auf bloßen Vermutungen galt es eine komplette Theorie zu errichten.

Inspektor Lognon von der städtischen Polizei vermag besser als jeder andere einen detaillierten Bericht über La Souris' Abenteuer zu liefern. Es muß betont werden, daß sich die Aktion der Kriminalpolizei ohne die Initiative dieses Beamten auf keine genaue Grundlage hätte stützen können ...

Lucas zuckte die Achseln, als er an Madame Lognons unscheinbare Gestalt, an ihren im Regen aus der Form geratenen Hut, ihre grauen Zwirnhandschuhe dachte.

La Souris' List ist leicht zu durchschauen, nun da der genaue Inhalt der Brieftasche bekannt ist ...

Freds langer Aufenthalt in Amerika erlaubte es ihm, die Angelegenheit nach einer Methode auszuführen, die in Frankreich glücklicherweise noch nicht verbreitet ist.

Gründliche Ermittlungen, vielleicht auch der Zufall, werden uns zeigen, auf welche Weise er die Leiche und mit ihr das Auto des Opfers verschwinden ließ ...

Er hatte schon fünf große Seiten, die er noch einmal aufmerksam durchlas.

N.B. *Trotz der Verschwiegenheit der Herren der Basler Gruppe scheint es offenkundig, daß Müller, ein einfacher Angestellter, durch Zufall die wilde Ehe des obersten Chefs entdeckt hat und durch Erpressung in seine jetzige Position gelangt ist.*

Als er sich während einer Reise nach Budapest in Mademoiselle Staori verliebte, wurde er selbst zum Werkzeug eines skrupellosen Geschäftsanwalts, der mit seiner Hilfe versucht hat, Loem in ziemlich dunkle Geschäfte zu verwickeln.

In Budapest weigerte sich der Finanzier, der Erkundigungen eingezogen hatte, den Anwalt zu treffen.

Müller erwies sich wohl als Waschlappen. Er hatte trotz allem noch Respekt vor der Macht der Herren aus Basel.

Daher die Verstimmung des jungen Mädchens und ihr sonderbares Verhalten, ihr hysterischer Anfall und ihre Drohungen . . .

»Ist das nicht ein Kreuz!« seufzte Lucas, als Janvier mit einer Flasche billigen Fusels hereinkam.

»Was?«

»Mir diese ganze Arbeit aufzuhalsen, und alles für die Katz!«

»Warum?«

»Du wirst schon sehen!«

Und die Zukunft gab ihm recht. Dennoch führte er zu Ende, was er zu tun hatte. Am nächsten Morgen, nachdem er auf dem Sofa im Warteraum eine Stunde gedöst hatte, befahl er, die vier Männer in sein Büro zu führen, und gab jedem eine maschinegeschriebene Kopie seines Berichts.

Er beobachtete sie nicht einmal, während sie lasen: es war nicht der Mühe wert.

Fred war als erster fertig und erklärte: »Eins mit Stern!«

»Du hast nichts dazu zu sagen?«

»Ich? Absolut nichts!«

»Und du?«

Der Graf wandte den Kopf ab und meinte:

»Nichts!«

»Für mich gilt dasselbe«, pflichtete Lili ihm feixend

bei. »Wenn Sie uns mit dem Zeug verknacken lassen wollen!«

La Souris blieb in seiner Ecke stehen, und als er hinter den anderen hinausgehen wollte, machte Lucas die Tür zu.

»Na?«

»Nichts ...«

»Stimmt irgend etwas daran nicht?«

La Souris sah zur Tür, hinter der seine Kumpane verschwunden waren. Es war ein denkwürdiger Augenblick in seinem Leben. Mit zusammengeschnürter Kehle brachte er hervor:

»Stimmt alles!«

»Hast du sie gesehen?«

»Nein!«

»Waren sie nicht im Auto?«

»Ich schwöre, ich weiß es nicht! Und diesmal können Sie mir glauben. Ich schwöre im Ernst! Wieviel werde ich kriegen?«

»Drei Monate!« meinte Lucas.

»Mehr nicht? Sind Sie sicher?«

»Vielleicht auf Bewährung ... Wegen Falschaussage und versuchten Betrugs ...«

»Na schön!«

Und er ließ resigniert die Schultern sinken.

... befürworte ich den Antrag von Inspektor Lognon, der einen guten Kriminalinspektor abgeben würde, sofern ...

Lognons Feder verharrte einen Augenblick in der Luft.

...er bereit ist, seinen Eifer zu zügeln und sich bei seiner Tätigkeit seinen Vorgesetzten unterzuordnen...

Untersuchungsrichter Severin brauchte einen ganzen Monat, den heißesten, unangenehmsten des ganzen Jahres, wenn die ganze Familie in Houlgate ist und man sie nicht einmal sonntags sehen kann.

»Weiß nicht, worum es geht...«, sagte Fred immer wieder voller Überzeugung. »Sie gehen mir allmählich auf den Wecker mit ihren Loems und Archibalds...«

Lili war vorläufig auf freien Fuß gesetzt worden und verkehrte wieder in den Kneipen an der Place des Ternes.

...alle drei angeklagt wegen Amtsanmaßung, Entführung und Gewaltanwendung...

Wegen der Geschichte mit La Souris im ›Fouquet's‹. Was den Rest betraf, war nichts zu machen! Es gab immer noch keine Leiche, und die Herren aus Basel waren abgereist, desgleichen Müller, letzterer nach China, während Miss Dora sich mit einem von Hitlers jungen Leutnants verlobte.

Lognon behielt von dem Schlag, den er auf den Kopf bekommen hatte, einen nervösen Tick zurück: sein linkes Augenlid hob und senkte sich krampfhaft, so daß er immer aussah, als zwinkere er jemandem zu. Man hatte ihm die Überwachung der Bahnhöfe übertragen, und es war schon zu zwei Zwischenfällen gekommen, weil sich weibliche Fahrgäste über ein derart unverschämtes Benehmen beschwert hatten.

Was La Souris betraf, der machte Ende Juli, an einem Tag, an dem er den Moralischen hatte, einen Ausflug in die Avenue du Parc-Montsouris. Er zog das linke Bein mit einer gewissen Schlaffheit nach, denn er hatte gerade vier Wochen Untersuchungshaft hinter sich, die er dem nachsichtigen Gericht zu verdanken hatte.

»Madame Boisvin?« fragte er die Concierge in einem der Häuser.

»Was wollen Sie von ihr?«

»Ich würde mich freuen, sie zu sehen ...«

»Dann müssen Sie schon in die Bretagne fahren, denn sie macht dort mit dem Kleinen Ferien.«

Mit dem Kleinen, der zur großen Freude der Herren aus Basel nicht Loem, sondern Boisvin hieß, was sie dazu bewogen hatte, eine einmalige Abfindungssumme von hunderttausend Francs springen zu lassen.

Das Beste wäre, so rieten sie ihr, wenn sie sich einen kleinen Laden einrichten würde.

Lucile Boisvin zog es jedoch vor, zu Hause Hüte für die Dienstmädchen ihres Viertels zu machen ...

Drei Monate für Fred, zwei für Lili, drei Monate und Entzug der Aufenthaltsgenehmigung (wegen der Vorstrafen) für den Grafen, der immer kleiner wurde.

Der Sommer ging vorüber. Es war der 21. September, als beinahe ein Lastkahn gesunken wäre. Um Sand auszuladen, hatte er unterhalb der Ile des Puteaux den Hauptarm der Seine verlassen und war in den engeren

Seitenarm abgebogen, der unweit des Neubauviertels dem Boulevard folgt.

Dort, wo die Navigationskarte drei Meter Wasserstand garantiert und Fischer sogar ein Loch von fünf Metern Tiefe kennen, das wegen seiner Weißfische berühmt ist, war das Schiff auf ein Hindernis gestoßen, das ihm ein Loch in die Flanke gerissen hatte.

Ein Taucher wurde gerufen. Der Zwischenfall beunruhigte niemanden, bis zu dem Augenblick, als bei der Kriminalpolizei ein Bericht eintraf.

... fanden wir ein Auto mit verbeulter Karosserie, und in diesem Auto die unkenntliche Leiche eines Mannes, der...

Es folgte das Auto-Kennzeichen: YA5-6713.

Der Wagen von Loem...

Lucas war zur Sommerfrische in Biarritz, und sein Stellvertreter verhörte Fred zwei Stunden lang, ohne ihm irgend etwas nachweisen zu können.

Die Herren aus Basel kamen, diesmal vollzählig, alle zwölf auf einmal nach Paris, einer sogar aus Istanbul. Man konnte die Sterbeurkunde ausstellen. Und das Testament eröffnen.

Soweit der Zustand der Leiche ein Urteil zuläßt, so schrieben die Zeitungen, *ist der Schweizer Finanzier anscheinend beraubt und...*

... sein Erbe, das sich auf etwa hundert Millionen Schweizer Franken beläuft...

La Souris, der dies im schummrigen Licht der Polizeistation in der Oper las, kniff seinen Nachbarn, einen alten Tschechen, leicht in die Nase, um ihn am Schnarchen zu hindern.

Hundert Millionen Schweizer Franken! Vielleicht tausend, zehntausend, hunderttausend Pfarrhäuser...

Porquerolles, Februar 1937

Georges Simenon im Diogenes Verlag

● Biographisches

Intime Memoiren und Das Buch von Marie-Jo
Aus dem Französischen von Hans-Joachim Hartstein, Claus Sprick, Guy Montag und Linde Birk. Leinen. Auch als detebe 21216

Stammbaum
Pedigree. Autobiographischer Roman
Deutsch von Hans-Joachim Hartstein
Leinen. Auch als detebe 21217

Simenon auf der Couch
Fünf Ärzte verhören den Autor sieben Stunden lang. Deutsch von Irène Kuhn
Mit einer Bibliographie und Filmographie und 43 Abbildungen. detebe 21658

Briefwechsel mit André Gide
Deutsch von Stefanie Weiss. Leinen

Brief an meine Mutter
Deutsch von Trude Fein. Leinen

Ein Mensch wie jeder andere
Mein Tonband und ich. Tagebuchnotizen und Erinnerungen. Deutsch von Hans Jürgen Solbrig. Leinen

Als ich alt war
Tagebücher 1960–1963. Deutsch von Linde Birk. Leinen

Außerdem liegen vor:

Über Simenon
Zeugnisse und Essays von Patricia Highsmith bis Alfred Andersch. Mit einem Interview, mit Chronik und Bibliographie. Herausgegeben von Claudia Schmölders und Christian Strich. detebe 20499

Das Georges Simenon Lesebuch
Ein Querschnitt durch das Gesamtwerk
Herausgegeben von Daniel Keel
detebe 20500

● Reportagen

Die Pfeife Kleopatras
Reportagen aus aller Welt. Deutsch von Guy Montag. detebe 21223

Zahltag in einer Bank
Reportagen aus Frankreich. Deutsch von Guy Montag. detebe 21224

● Erzählungen

Der kleine Doktor
Erzählungen. Deutsch von Hansjürgen Wille und Barbara Klau. detebe 21025

Emil und sein Schiff
Erzählungen. Deutsch von Angela von Hagen. detebe 21318

Die schwanzlosen Schweinchen
Erzählungen. Deutsch von Linde Birk
detebe 21284

Exotische Novellen
Deutsch von Annerose Melter. detebe 21285

Meistererzählungen
Deutsch von Wolfram Schäfer u.a.
detebe 21620

● Romane

Drei große Romane
Der Mörder / Der große Bob / Drei Zimmer in Manhattan. Deutsch von Linde Birk und Lothar Baier. detebe 21596

Brief an meinen Richter
Roman. Deutsch von Hansjürgen Wille und Barbara Klau. detebe 20371

Der Schnee war schmutzig
Roman. Deutsch von Willi A. Koch
detebe 20372

Die grünen Fensterläden
Roman. Deutsch von Alfred Günther
detebe 20373

Im Falle eines Unfalls
Roman. Deutsch von Hansjürgen Wille und Barbara Klau. detebe 20374

Sonntag
Roman. Deutsch von Hansjürgen Wille und Barbara Klau. detebe 20375

Bellas Tod
Roman. Deutsch von Elisabeth Serelmann-Küchler. detebe 20376

Der Mann mit dem kleinen Hund
Roman. Deutsch von Stefanie Weiss
detebe 20377

Drei Zimmer in Manhattan
Roman. Deutsch von Linde Birk
detebe 20378

Die Großmutter
Roman. Deutsch von Linde Birk
detebe 20379

Der kleine Mann von Archangelsk
Roman. Deutsch von Alfred Kuoni
detebe 20584

Der große Bob
Roman. Deutsch von Linde Birk
detebe 20585

Die Wahrheit über Bébé Donge
Roman. Deutsch von Renate Nickel
detebe 20586

Tropenkoller
Deutsch von Annerose Melter
detebe 20673

Ankunft Allerheiligen
Roman. Deutsch von Eugen Helmlé
detebe 20674

Der Präsident
Roman. Deutsch von Renate Nickel
detebe 20675

Der kleine Heilige
Roman. Deutsch von Trude Fein
detebe 20676

Der Outlaw
Roman. Deutsch von Liselotte Julius
detebe 20677

Der Verdächtige
Roman. Deutsch von Eugen Helmlé
detebe 20679

Die Verlobung des Monsieur Hire
Roman. Deutsch von Linde Birk
detebe 20681

Der Mörder
Roman. Deutsch von Lothar Baier
detebe 20682

Die Zeugen
Roman. Deutsch von Anneliese Botond
detebe 20683

Die Komplizen
Roman. Deutsch von Stefanie Weiss
detebe 20684

Die Unbekannten im eigenen Haus
Roman. Deutsch von Gerda Scheffel
detebe 20685

Der Ausbrecher
Roman. Deutsch von Erika Tophoven-Schöningh. detebe 20686

Wellenschlag
Roman. Deutsch von Eugen Helmlé
detebe 20687

Der Mann aus London
Roman. Deutsch von Stefanie Weiss
detebe 20813

Die Überlebenden der Télémaque
Roman. Deutsch von Hainer Kober
detebe 20814

Der Mann, der den Zügen nachsah
Roman. Deutsch von Walter Schürenberg
detebe 20815

Zum Weißen Roß
Roman. Deutsch von Trude Fein
detebe 20986

Der Tod des Auguste Mature
Roman. Deutsch von Anneliese Botond
detebe 20987

Die Fantome des Hutmachers
Roman. Deutsch von Eugen Helmlé
detebe 21001

Die Witwe Couderc
Roman. Deutsch von Hanns Grössel
detebe 21002

Schlußlichter
Roman. Deutsch von Stefanie Weiss
detebe 21010

Die schwarze Kugel
Roman. Deutsch von Renate Nickel
detebe 21011

Die Brüder Rico
Roman. Deutsch von Angela von Hagen
detebe 21020

Antoine und Julie
Roman. Deutsch von Eugen Helmlé
detebe 21047

Betty
Roman. Deutsch von Raymond Regh
detebe 21057

Der Neger
Roman. Deutsch von Linde Birk
detebe 21118

Die Tür
Roman. Deutsch von Linde Birk
detebe 21114

Das blaue Zimmer
Roman. Deutsch von Angela von Hagen
detebe 21121

Der Bürgermeister von Furnes
Roman. Deutsch von Hans Grössel
detebe 21209

Es gibt noch Haselnußsträucher
Roman. Deutsch von Angela von Hagen
detebe 21192

Die Glocken von Bicêtre
Roman. Neu übersetzt von Angela von Hagen. detebe 20678

Das Testament Donadieu
Roman. Deutsch von Eugen Helmlé
detebe 21256

Der Untermieter
Roman. Deutsch von Ralph Eue
detebe 21255

Die Leute gegenüber
Roman. Deutsch von Hans-Joachim Hartstein. detebe 21273

Weder ein noch aus
Roman. Deutsch von Elfriede Riegler
detebe 21304

Auf großer Fahrt
Deutsch von Angela von Hagen
detebe 21327

Der Bericht des Polizisten
Deutsch von Markus Jakob
detebe 21328

Die Zeit mit Anaïs
Deutsch von Ursula Vogel
detebe 21329

Der Passagier der Polarlys
Roman. Deutsch von Stephanie Weiss
detebe 21377

Die Katze
Roman. Deutsch von Angela von Hagen
detebe 21378

Die Schwarze von Panama
Roman. Deutsch von Ursula Vogel
detebe 21424

Das Gasthaus im Elsaß
Roman. Deutsch von Angela von Hagen
detebe 21425

Das Haus am Kanal
Roman. Deutsch von Ursula Vogel
detebe 21426

Der Zug
Roman. Deutsch von Trude Fein. detebe 21480

Striptease
Roman. Deutsch von Angela von Hagen
detebe 21481

45° im Schatten
Roman. Deutsch von Angela von Hagen
detebe 21482

Die Eisentreppe
Roman. Deutsch von Angela von Hagen
detebe 21557

Das Fenster der Rouets
Roman. Deutsch von Stefanie Weiss
detebe 21558

Die bösen Schwestern von Concarneau
Roman. Deutsch von Ingrid Altrichter
detebe 21559

Der Sohn Cardinaud
Roman. Deutsch von Linde Birk
detebe 21598

Der Zug aus Venedig
Roman. Deutsch von Liselotte Julius
detebe 21617

Weißer Mann mit Brille
Roman. Deutsch von Ursula Vogel
detebe 21635

Der Bananentourist
Roman. Deutsch von Barbara Heller
detebe 21679

Monsieur La Souris
Roman. Deutsch von Renate Heimbucher-Bengs. detebe 21681

Der Teddybär
Roman. Deutsch von Ingrid Altrichter
detebe 21682

Die Marie vom Hafen
Roman. Deutsch von Ursula Vogel
detebe 21683

● Maigret-Romane und -Erzählungen

Weihnachten mit Maigret
Zwei Romane und eine Erzählung. Leinen

Der Goldene Gelbe 88
Einmalige Sonderausgabe. Enthält folgende Romane: Maigret amüsiert sich / Mein Freund Maigret / Maigret und die junge Tote. Deutsch von Renate Nickel, Annerose Melter und Raymond Regh. detebe 21597

Maigrets erste Untersuchung
Roman. Deutsch von Roswitha Plancherel
detebe 20501

Maigret und Pietr der Lette
Roman. Deutsch von Wolfram Schäfer
detebe 20502

Maigret und die alte Dame
Roman. Deutsch von Renate Nickel
detebe 20503

Maigret und der Mann auf der Bank
Roman. Deutsch von Annerose Melter
detebe 20504

Maigret und der Minister
Roman. Deutsch von Annerose Melter
detebe 20505

Mein Freund Maigret
Roman. Deutsch von Annerose Melter
detebe 20506

Maigrets Memoiren
Roman. Deutsch von Roswitha Plancherel
detebe 20507

Maigret und die junge Tote
Roman. Deutsch von Raymond Regh
detebe 20508

Maigret amüsiert sich
Roman. Deutsch von Renate Nickel
detebe 20509

Hier irrt Maigret
Roman. Deutsch von Elfriede Riegler
detebe 20690

Maigret und der gelbe Hund
Roman. Deutsch von Raymond Regh
detebe 20691

Maigret vor dem Schwurgericht
Roman. Deutsch von Wolfram Schäfer
detebe 20692

Maigret als möblierter Herr
Roman. Deutsch von Wolfram Schäfer
detebe 20693

Madame Maigrets Freundin
Roman. Deutsch von Roswitha Plancherel
detebe 20713

Maigret kämpft um den Kopf eines Mannes
Roman. Deutsch von Roswitha Plancherel
detebe 20714

Maigret und die kopflose Leiche
Roman. Deutsch von Wolfram Schäfer
detebe 20715

Maigret und die widerspenstigen Zeugen
Roman. Deutsch von Wolfram Schäfer
detebe 20716

Maigret am Treffen der Neufundlandfahrer
Roman. Deutsch von Annerose Melter
detebe 20717

Maigret bei den Flamen
Roman. Deutsch von Claus Sprick
detebe 20718

Maigret und die Bohnenstange
Roman. Deutsch von Guy Montag
detebe 20808

Maigret und das Verbrechen in Holland
Roman. Deutsch von Renate Nickel
detebe 20809

Maigret und sein Toter
Roman. Deutsch von Elfriede Riegler
detebe 20810

Maigret beim Coroner
Roman. Deutsch von Wolfram Schäfer
detebe 20811

Maigret, Lognon und die Gangster
Roman. Deutsch von Wolfram Schäfer
detebe 20812

Maigret und der Gehängte von Saint-Pholien
Roman. Deutsch von Sibylle Powell
detebe 20816

Maigret und der verstorbene Monsieur Gallet
Roman. Deutsch von Roswitha Plancherel
detebe 20817

Maigret regt sich auf
Roman. Deutsch von Wolfram Schäfer
detebe 20820

Maigret und das Schattenspiel
Roman. Deutsch von Claus Sprick
detebe 20734

Maigret und die Keller des Majestic
Roman. Deutsch von Linde Birk
detebe 20735

Maigret contra Picpus
Roman. Deutsch von Hainer Kober
detebe 20736

Maigret läßt sich Zeit
Roman. Deutsch von Sibylle Powell
detebe 20755

Maigrets Geständnis
Roman. Deutsch von Roswitha Plancherel
detebe 20756

Maigret zögert
Roman. Deutsch von Annerose Melter
detebe 20757

Maigret und der Treidler der »Providence«
Roman. Deutsch von Claus Sprick
detebe 21029

Maigrets Nacht an der Kreuzung
Roman. Deutsch von Annerose Melter
detebe 21050

Maigret hat Angst
Roman. Deutsch von Elfriede Riegler
detebe 21062

Maigret erlebt eine Niederlage
Roman. Deutsch von Elfriede Riegler
detebe 21120

Maigret gerät in Wut
Roman. Deutsch von Wolfram Schäfer
detebe 21113

Maigret verteidigt sich
Roman. Deutsch von Wolfram Schäfer
detebe 21117

Maigret und der geheimnisvolle Kapitän
Roman. Deutsch von Annerose Melter
detebe 21180

Maigret und die alten Leute
Roman. Deutsch von Annerose Melter
detebe 21200

Maigret und das Dienstmädchen
Roman. Deutsch von Hainer Kober
detebe 21220

Maigret und der Fall Nahour
Roman. Deutsch von Sibylle Powell
detebe 21250

Maigret im Haus des Richters
Roman. Deutsch von Liselotte Julius
detebe 21238

Maigret und der Samstagsklient
Roman. Deutsch von Angelika Hildebrandt-Essig. detebe 21295

Maigret in New York
Roman. Deutsch von Bernhard Jolles
detebe 21308

Maigret und die Affäre Saint-Fiacre
Roman. Deutsch von Werner De Haas
detebe 21373

Maigret stellt eine Falle
Roman. Deutsch von Angela von Hagen
detebe 21374

Sechs neue Fälle für Maigret
Erzählungen. Deutsch von Elfriede Riegler
detebe 21375

Maigret in der Liberty Bar
Roman. Deutsch von Angela von Hagen
detebe 21376

Maigret und der Spion
Roman. Deutsch von Hainer Kober
detebe 21427

Maigret und die kleine Landkneipe
Roman. Deutsch von Bernhard Jolles und Heide Bideau. detebe 21428

Maigret und der Verrückte von Bergerac
Roman. Deutsch von Hainer Kober
detebe 21429

Maigret, die Tänzerin und die Gräfin
Roman. Deutsch von Hainer Kober
detebe 21484

Maigret macht Ferien
Roman. Deutsch von Markus Jakob
detebe 21485

Maigret und der hartnäckigste Gast der Welt
Erzählungen. Deutsch von Linde Birk und Ingrid Altrichter. detebe 21486

Maigret verliert eine Verehrerin
Roman. Deutsch von Ingrid Altrichter
detebe 21521

Maigret in Nöten
Roman. Deutsch von Markus Jakob
detebe 21522

Maigret und sein Rivale
Roman. Deutsch von Ingrid Altrichter
detebe 21523

Maigret und die schrecklichen Kinder
Roman. Deutsch von Paul Celan
detebe 21574

Maigret und sein Jugendfreund
Roman. Deutsch von Markus Jakob
detebe 21575

Maigret und sein Revolver
Roman. Deutsch von Ingrid Altrichter
detebe 21576

Maigret auf Reisen
Roman. Deutsch von Ingrid Altrichter
detebe 21593

Maigret und die braven Leute
Roman. Deutsch von Ingrid Altrichter
detebe 21615

Maigret und der faule Dieb
Roman. Deutsch von Stefanie Weiss
detebe 21629

Maigret und die verrückte Witwe
Roman. Deutsch von Michael Mosblech
detebe 21680

Maigret und sein Neffe
Roman. Deutsch von Ingrid Altrichter
detebe 21684

Maurice Leblanc im Diogenes Verlag

Arsène Lupin – Der Gentleman-Gauner
Roman. Aus dem Französischen von Erika Gebühr
detebe 20127

Die hohle Nadel oder Die Konkurrenten des Arsène Lupin
Deutsch von Erika Gebühr
detebe 20239

813 – Das Doppelleben des Arsène Lupin
Roman. Deutsch von Erika Gebühr
detebe 20931

Der Kristallstöpsel oder Die Mißgeschicke des Arsène Lupin
Roman. Deutsch von Erika Gebühr
detebe 20932

Die Gräfin von Cagliostro oder Die Jugend des Arsène Lupin
Roman. Deutsch von Erika Gebühr
detebe 20933

Arsène Lupin kontra Herlock Sholmes
Roman. Deutsch von Erika Gebühr
detebe 21026

Die Insel der 30 Särge
Roman. Deutsch von Lothar Schmidt und Ulrike Simon
detebe 21198

Die Uhr schlägt achtmal
Roman. Deutsch von Erika Gebühr
detebe 21254

E. W. Hornung im Diogenes Verlag

Raffles – Der Dieb in der Nacht
Geschichten. Aus dem Englischen von Claudia Schmölders. Mit einem Vorwort von George Orwell. detebe 20237

Raffles – Der Amateur-Einbrecher
Geschichten. detebe 21579

Cyril Hare im Diogenes Verlag

Mörderglück
und andere Detektivgeschichten
Ausgewählt und eingeleitet von Michael Gilbert
Aus dem Englischen von Elizabeth Gilbert und
Peter Naujack. detebe 20196

Tragödie im Gerichtssaal
Roman. Deutsch von Robert Picht
detebe 21638